藏在古詩詞裏的知識百科

夏天篇

貓貓咪呀　編繪

新雅文化事業有限公司
www.sunya.com.hk

目錄

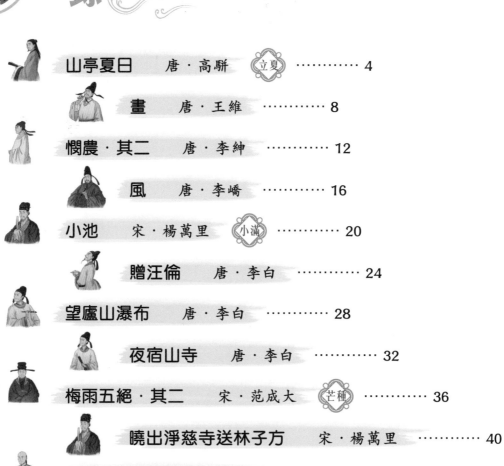
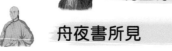

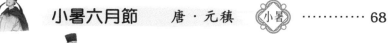

唐·高駢 821 - 887 年

字號：字千里

簡介：晚唐將軍、詩人。一生立下無數軍功，曾是唐宣宗、唐懿宗、唐僖宗三朝倚重的名將，有勇有謀、文武雙全，傳世詩歌約五十首，收錄在《全唐詩》裏面。

代表作：《風箏》、《送春》等

山亭夏日 (shān tíng xià rì)

綠(lù) 樹(shù) 陰(yīn) 濃(nóng)① 夏(xià) 日(rì) 長(cháng)，

樓(lóu) 台(tái) 倒(dào) 影(yǐng) 入(rù) 池(chí) 塘(táng)。

水(shuǐ) 晶(jīng) 簾(lián)② 動(dòng) 微(wēi) 風(fēng) 起(qǐ)，

滿(mǎn) 架(jià) 薔(qiáng) 薇(wēi)③ 一(yī) 院(yuàn) 香(xiāng)。

注釋

❶ 濃：濃密，色調比較深重。
❷ 水晶簾：比喻晶瑩華美的簾子。
❸ 薔薇：落葉小灌木。

譯文

綠樹繁茂，濃蔭滿地，夏日顯得那麼漫長，樓台的倒影映入了池塘。微風拂過，水面如水晶簾一樣輕輕晃動，滿架薔薇盛開，花香飄滿了整個院子。

賞析

這是一首描寫夏日風光的七言絕句。詩人用繪畫的筆法，從俯視的角度描繪了「綠樹陰濃」、「樓台倒影」、「滿架薔薇」等景象，構成了一幅非常典型的盛夏圖畫，靜態與動態相結合，明淨、清新而又靈動。

古詩詞中的百科

「立夏」是農曆二十四節氣中的第七個節氣，夏季的第一個節氣，代表着盛夏正式開始。隨着氣温漸漸升高，白天越來越長，人們的衣着打扮也變得清涼起來。《曆書》道：斗指東南，維為立夏，萬物至此皆長大。人們習慣上把立夏當作炎暑將臨、雷雨增多、農作物生長進入旺季的一個重要節氣。

憋死我了！出來透透氣。

↓ 蚯蚓出土 ↓

下雨後，雨水滲入土壤，佔據土壤的空隙，過多的雨水會把土壤中的空氣排擠出去，降低了氧氣含量，這不利於蚯蚓呼吸，於是穴居在土壤中的蚯蚓被迫爬到地表上來呼吸。

↓ 蚯蚓的再生能力 ↓

蚯蚓整條身體像兩頭尖的螺紋管，在被切成兩段後，切口上的肌肉會一邊收縮一邊生成新的細胞，之後傷口便會癒合。而體內的器官、系統等組織細胞會迅速增殖。但由於各種因素的影響，蚯蚓被切斷後未必都能再生。

呱呱！一到下雨天我就忍不住高歌。

↓ 青蛙鳴叫 ↓

青蛙喜歡陰涼潮濕的地方，所以下雨的時候，青蛙真是再高興不過了。同時，雨季裏昆蟲大量繁殖。在食物充足、環境舒適的情況下，青蛙當然會紛紛高聲歌唱。

↓ 掛蛋（蛋兜）↓

傳說幾千年前，每逢到了立夏，瘟神都要下界害人，還專門禍害兒童。女媧教人每年立夏在孩子胸前掛上一隻蛋兜，裝上煮熟的蛋，可保平安。

↓ 喝冷飲吃蠶豆 ↓

在民間，立夏日人們會喝冷飲來消暑。江南水鄉還有烹食嫩蠶豆的習俗，有的地區是吃蛋，據說可以祛病。

名門出身——渤海高氏

本詩作者高駢是晚唐名將，他出身於渤海高氏。渤海高氏起源於東漢的渤海郡（河北省一帶），隨着勢力範圍不斷擴大，逐漸成為名門望族。南北朝時期北齊開國君主高洋也是渤海高氏的後代。

嗚嗚……想我高駢一生立功無數，卻晚節不保啊……

晚節不保

高駢身為名門之後，一生為唐王朝立下了赫赫戰功，然而在鎮壓黃巢期間，大將張璘陣亡後不敢出戰，嚴備自保，致使黃巢順利渡江，兩京失守。高駢拒聽朝廷調兵命令，後被罷免，只留虛銜。

皇家護衛隊的一員

古代的「禁軍」就相當於皇帝的護衛軍隊，高駢和他的父祖輩幾代人都是禁軍成員。高駢的祖父高崇文，曾經奉命討伐西川節度使劉太初，成功後俘獲了兩名美女。屬下勸高崇文納她們為妾，或者將她們獻給皇帝，但被高崇文拒絕了。

水晶

水晶屬於寶石的一種，石英的結晶體，主要化學成分是二氧化矽，純淨時為無色透明的晶體。當含其他微量元素時可呈粉、紫、黃、茶等各種顏色。含伴生包裹體的礦物稱為包裹體水晶，如綠幽靈、紅兔毛等，內包物為金紅石、電氣石、陽起石、雲母、綠泥石等。

唐・王維 699 或 701 - 761 年

字號：字摩詰，號摩詰居士

簡介：盛唐時期詩人、畫家，人稱「詩佛」。多才多藝，不僅擅長詩詞書畫，而且精通音律，今存詩歌四百餘首。蘇軾評他的作品是詩中有畫、畫中有詩。

代表作：《相思》、《鳥鳴澗》、《山居秋暝》等

畫 huà

yuǎn kàn shān yǒu sè
遠 看 山 有 色①，

jìn tīng shuǐ wú shēng
近 聽 水 無 聲 。

chūn qù huā hái zài
春 去 花 還 在 ，

rén lái niǎo bù jīng
人 來 鳥 不 驚② 。

注釋

❶ 色：色彩。

❷ 驚：驚擾、打擾。

譯文

遠看山是有顏色的，走到近處卻聽不到流水的聲音。春天過去，花兒還在競相綻放，人走近了，鳥兒也沒有受到驚擾。

賞析

這是一首為畫作的詩，詩中有畫，畫有中詩。山有色、水無聲，春已逝、花還在，看似與自然景物相反，卻準確抓住了畫的特點。詩人用「遠」、「近」、「有」、「無」穿梭於現實與畫境之間，既點明了山水花鳥應有的常態，同時又襯托出畫中景物的生動鮮活。

古詩詞中的百科

中國畫

詩題中的「畫」指的是中國畫,簡稱國畫,是一種古老的藝術形式。中國畫主要使用毛筆在宣紙或者絹絲上作畫,內容包括人物、山水以及花鳥等。

↓ 國畫發展的歷史 ↓

新石器時代發現的陶器和青銅器上,圖畫一般是作為裝飾出現的,這些畫主要以描繪貴族生活中的禮儀活動、水陸攻戰的場面為主。春秋戰國到隋唐時期,人們開始用顏料和水墨將圖畫畫在絲織品上,宗教、山水、花鳥皆可入畫。宋以後的國畫開始繪在紙張上,各個風格的流派異彩紛呈,繪畫內容也開始偏向描繪世俗生活。

中國畫主要流派

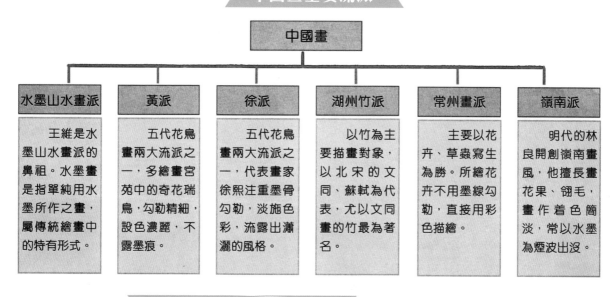

中國畫

水墨山水畫派	黃派	徐派	湖州竹派	常州畫派	嶺南派
王維是水墨山水畫派的鼻祖。水墨畫是指單純用水墨所作之畫,屬傳統繪畫中的特有形式。	五代花鳥畫兩大流派之一,多繪畫宮苑中的奇花瑞鳥,勾勒精細,設色濃麗,不露墨痕。	五代花鳥畫兩大流派之一,代表畫家徐熙注重墨骨勾勒,淡施色彩,流露出瀟灑的風格。	以竹為主要描畫對象,以北宋的文同、蘇軾為代表,尤以文同畫的竹最為著名。	主要以花卉、草蟲寫生為勝。所繪花卉不用墨線勾勒,直接用彩色描繪。	明代的林良開創嶺南畫風,他擅長畫花果、翎毛,畫作着色簡淡,常以水墨為煙波出沒。

中國畫與西洋畫的區別

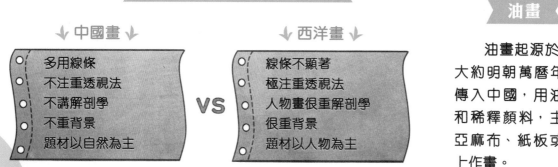

↓ 中國畫 ↓
- 多用線條
- 不注重透視法
- 不講解剖學
- 不重背景
- 題材以自然為主

VS

↓ 西洋畫 ↓
- 線條不顯著
- 極注重透視法
- 人物畫很重解剖學
- 很重背景
- 題材以人物為主

油畫

油畫起源於歐洲,大約明朝萬曆年間才傳入中國,用油來調和稀釋顏料,主要在亞麻布、紙板或木板上作畫。

古代觀景打卡勝地——輞川

輞川鎮（輞 wǎng，粵音網）隸屬陝西省西安市藍田縣，境內遍布峽谷、瀑布、溪流，王維晚年在這裏隱居。歷史上，輞川是「秦楚之要衝，三輔之屏障」，也是達官貴人、文人騷客心馳神往的風景勝地。「輞川煙雨」為藍田八景之冠。

《輞川圖》

王維不僅是詩人，也是畫家。他的代表畫作《輞川圖》原本是一幅壁畫，現在只有臨摹版本流傳下來。這幅畫描繪了一處山間別墅掩映於青山綠水之中，古樸端莊。門前小河中的一隻小舟上，三兩個儒冠羽衣的人對弈飲酒，怡然自樂，意境淡泊。

延伸學習

《鹿柴》
唐·王維
空山不見人，
但聞人語響。
返景入深林，
復照青苔上。

唐·李紳 772 - 846 年

字號：字公垂

簡介：唐朝宰相、詩人。三十四歲中進士，曾與元稹、白居易往來密切，為新樂府運動的參與者。歷任中書侍郎、尚書右僕射、淮南節度使等職，死後追贈太尉。

代表作：《憫農》二首、《鶯鶯歌》等

憫農·其二 (mǐn nóng qí èr)

鋤禾①日當午，
(chú hé rì dāng wǔ)

汗滴禾下土。
(hàn dī hé xià tǔ)

誰知盤中飧②，
(shéi zhī pán zhōng sūn)

粒粒皆③辛苦。
(lì lì jiē xīn kǔ)

注釋

❶ 禾：廣義的穀物，包括大米、小米、小麥、大豆等。

❷ 飧：熟食，這裏指煮好的米飯。飧 sūn，粵音孫。

❸ 皆：都。

譯文

農民頂着正午的烈日在田間耕種，汗水滴落在泥土中。有誰會想到，我們碗中的米飯，每一粒都飽含着農民的辛苦啊！

賞析

這首憫農詩寫出了農民的艱辛勞作。前兩句描寫了勞動場景，盛夏正午火辣辣的太陽下，農民依然在勞作，一滴滴的汗水落在土裏，其中的艱辛不言而喻。後兩句引人深思，「一粥一飯來之不易」，強化了憫農的主題。

古詩詞中的百科

↓ 整地 ↓

種水稻前，需要用農具整翻一下稻田裏的土壤，使其變軟。

↓ 育苗 ↓

農民會先在特定的田地裏種植水稻幼苗。

↓ 插秧 ↓

把幼苗小心插入稻田中，間距整齊。傳統用秧苗繩來標記。

我會照顧好你們的！

↓ 除草、施肥、灌溉 ↓

當幼苗長大後，必須細心照顧它們，清除雜草，經常施肥。

↓ 蒸煮 ↓

生米經過淘洗後加入適量水，蒸到米粒軟脹，裏面全熟，即成為米飯。

↓ 脫粒、打磨 ↓

經過初篩的稻穀還要用機器進行多次打磨，除去稻糠。

↓ 乾燥、篩選 ↓

收穫的稻穀需要乾燥，並將雜質篩掉，篩選出飽滿的稻穀。

↓ 收割 ↓

當稻穗下垂、金黃飽滿時，就可以收穫了。

農耕必備——鋤頭

「鋤禾日當午」這句詩中的「鋤」是一種傳統農具，最早用石頭製成。到戰國時，已有堅固耐用的鐵鋤。鋤頭可以鬆土、除草、挖地，在農耕中必不可少。

耙梳

挖鋤

板鋤

其他常見農具

鐮：農村收割莊稼和割草的農具，由刀片和木把構成，有的刀片上帶有小鋸齒，一般用來收割稻穀。如今，在江南的一些農村還在廣泛地使用鐮。

碾子：石質工具，主要是指用人力或畜力，把高粱、穀子、稻子等穀物脫殼，或者把米碾成碴子或麵粉。

　　關於五穀，古代有多種說法，最主要的有兩種：一種指稻、黍（shǔ，粵音暑）、稷（jì，粵音即）、麥、菽（shū，粵音熟）；另一種指麻、黍、稷、麥、菽。兩者的區別是，前者有稻無麻，後者有麻無稻。

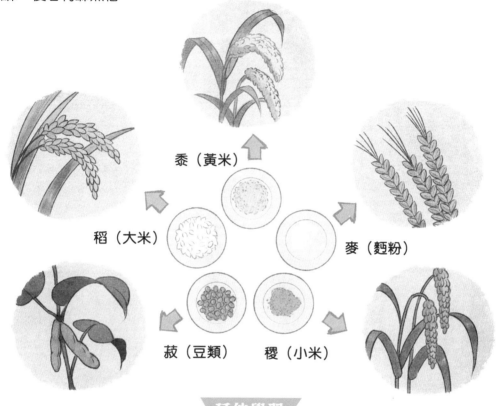

黍（黃米）

稻（大米）

麥（麪粉）

菽（豆類）

稷（小米）

《農家》

唐·顏仁郁

半夜呼兒趁曉耕，

羸牛無力漸艱行。

時人不識農家苦，

將謂田中穀自生。

唐 · 李嶠 645 - 714 年

字號：字巨山

簡介：唐代宰相、詩人，與蘇味道並稱「蘇李」。他的詩歌以五言數量最多，
對唐律詩和歌行的發展有一定的影響。歷仕五朝，先是依附張易之
兄弟，繼而又追隨韋氏，人品多受詬病。

代表作：《中秋月》

風 fēng

解落①三秋②葉，
jiě luò sān qiū yè

能開二月③花。
néng kāi èr yuè huā

過江千尺浪，
guò jiāng qiān chǐ làng

入竹④萬竿斜。
rù zhú wàn gān xié

注釋

❶ 解落：吹落。

❷ 三秋：深秋時節。

❸ 二月：早春。

❹ 竹：竹林。

譯文

　　風能吹落秋天的樹葉，風能吹開春天含苞的花朵。風過江面可以掀起巨浪，風入竹林能吹得萬竹傾斜。

賞析

　　這首詩寫風，全詩卻無一個「風」字。風是無形的，卻也是有形的，詩人通過橫掃落葉、春花綻放、浪濤驟起、竹林傾倒等物件在風的作用下形態的改變，來表現風的輕柔與強勁，生動傳神。

古詩詞中的百科

風從哪兒來？

詩題中所說的「風」其實是一種能源——風能，是指風產生的能量，是一種可再生能源。風是由空氣流動而引起的。較輕的熱空氣上升、較冷的空氣快速下沉，以填補熱空氣留下的空白。現在人們用風力來發電、發熱等，有助節能減排、保護環境。

零級

一級

二級

三級

四級

五級

六級

七級

八級

九級

十級

十一二級

↓ 風級歌 ↓

零級煙柱直衝天，
一級輕煙隨風偏。
二級輕風吹臉面，
三級葉動紅旗展。
四級枝搖飛紙片，
五級帶葉小樹搖。
六級舉傘步行艱，
七級迎風走不便。
八級風吹樹枝斷，
九級屋頂飛瓦片。
十級拔樹又倒屋，
十一二級陸少見。

「三秋」的三種解釋

古時候，人們將秋季的七、八、九月份分別稱為孟秋、仲秋、季秋，合稱「三秋」，也代指秋天。「三秋」有時亦指秋季的第三個月，即農曆九月。此外，中國南方地區還曾把秋播、秋耕以及秋收合稱為「三秋」。北方較少在秋天播種，因為那時的莊稼還來不及生長，天氣就已經變冷了。

四君子之一的竹子

竹是草本植物，種類很多，有的低矮，有的高大，竹竿挺拔、修長，四季常青，傲雪凌霜，千百年來一直受到中國人民的喜愛，與梅、蘭、菊並稱為「四君子」。分布在熱帶、亞熱帶地區，以東亞、東南亞和印度洋及太平洋島嶼上分布最為集中。通常通過地下匍匐的根莖成片生長，也可以通過開花結籽來繁衍。

宰相家貧

賜宰相綾羅帳一頂！

謝主隆恩。

睡不着！明天還是還給皇上吧！

也罷也罷！

本詩作者李嶠曾官至唐朝宰相，然而他為官清廉，家裏連個像樣的蚊帳都沒有。女皇武則天得知消息，特地贈他一頂綾羅蚊帳，並且要求他當晚就使用。沒想到李大人平日裏清貧節儉，用不慣高檔東西，待在裏面竟然一夜無眠。於是，第二天早上他就跑去面見武則天，並向武則天解釋說：「臣早年時，一個相士曾告誡過臣，讓臣以後都不能奢靡浪費，否則會大禍臨頭，懇請陛下讓微臣繼續使用青羅布帳。」武則天聽聞此話只得作罷。

能文能武

我老李就算放到今天也是個人才啊！

一代文豪李嶠，當年與崔融、蘇味道、杜審言齊名，合稱「文章四友」。但是李嶠不僅會寫文章，還曾追隨唐高宗李治平定了嶺南地區的叛亂，是個智勇雙全的人才。

宋・楊萬里 1127 - 1206 年

字號：字廷秀，號誠齋

簡介：南宋名臣，著名文學家、詩人，與陸游、尤袤、范成大並稱為「中興四大詩人」。宋光宗趙惇曾為其題寫「誠齋」二字。一生著作頗豐，大多描寫自然景物，也有不少反映民生疾苦，抒發愛國情懷的作品。

代表作：《小池》、《曉出淨慈寺送林子方》等

小池 xiǎo chí

泉眼① 無 聲 惜② 細 流，
quán yǎn wú shēng xī xì liú

樹 陰 照③ 水 愛 晴 柔④。
shù yīn zhào shuǐ ài qíng róu

小 荷 才 露 尖 尖 角⑤，
xiǎo hé cái lù jiān jiān jiǎo

早 有 蜻 蜓 立 上 頭。
zǎo yǒu qīng tíng lì shàng tóu

注釋

❶ 泉眼：泉水湧出的地方。
❷ 惜：吝惜，捨不得。
❸ 照：倒映。
❹ 晴柔：晴朗柔和的天氣。
❺ 尖尖角：剛剛露出水面的荷葉的嫩芽。

譯文

　　泉眼中靜靜流出涓涓細流，好像捨不得離開似的，樹蔭倒映在水面上，享受着晴朗柔和的天氣。稚嫩的荷葉剛剛露出了犄角般的小芽，一隻蜻蜓早就落在了上面。

賞析

　　《小池》取了水塘邊的一個小場景來描寫，將泉水、樹木、陽光、荷葉、蜻蜓融匯在一個畫面裏，動靜結合，和諧明媚。詩人善於不露聲色地運用比擬，如用「惜」字比擬水與泉眼之間的不捨，讓二者具有了生命力；以「愛」字來寫樹的情態，讓普普通通的樹在水面上的倒影一下子就生動起來。全篇從「小」處着眼，層次豐富，清新自然，充滿詩情畫意。

古詩詞中的百科

「小滿」是夏季的第二個節氣。此時北方夏熟作物的籽粒開始灌漿，但只是小滿，還未成熟、飽滿。每年公曆 5 月 20 日到 22 日之間，太陽到達黃經 60°時為小滿。小滿時節，降雨多、雨量大。俗話說「立夏小滿，江河易滿」，反映的正是華南地區降雨多、雨量大的氣候特徵。

↓ 乾熱風 ↓

乾熱風是一種高溫、低濕並伴有一定風力的農業災害性天氣，會在溫暖季節出現。出現乾熱風時，溫度顯著升高，濕度顯著下降，並伴有一定風力，蒸騰加劇，根系吸水不及，往往導致小麥灌漿不足，秕粒嚴重甚至枯萎死亡。中國的華北、西北和黃淮地區春末夏初期間都有出現。

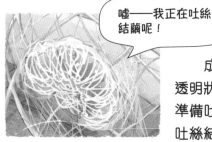

> 噓——我正在吐絲結繭呢！

↓ 吐絲結繭 ↓

成熟的蠶寶寶食桑量會下降，直到完全停食，胸部與腹部呈透明狀，蠶體頭胸部昂起，口吐絲縷，左右上下擺動尋找營繭場所，準備吐絲結繭。人們把熟蠶放在特製的容器中或簇器上，蠶便會吐絲結繭。

↓ 麥芒尖尖 ↓

在小滿的最後一個時段，麥子開始成熟。這時，中國北方地區麥類等夏熟作物籽粒已經飽滿，但還沒有成熟，約相當於乳熟後期。乳熟的穀粒開始變硬，但仍能擠出白色的漿。

泉

廣義的「泉」，泛指大自然中所有能夠湧出地面的地下水，多分布在山谷或者山坡向平原過渡的地方。古人曾經通過重量衡量泉水的優劣，相同體積的水，品質越輕水質越好。長久以來，濟南趵突泉穩居榜首，號稱「天下第一泉」。但在乾隆皇帝看來，北京西山玉泉的水也很棒，於是他重新組織了測量，結果玉泉贏了，從此成為宮廷特供飲用水。

並蒂蓮

嘻嘻！我就是蓮花界的雙胞胎。

蓮花也有「雙胞胎」，俗稱並蒂蓮，指一根花莖上開了兩朵花，屬於不可預期的變種，比較少見。並蒂蓮是荷花中的珍品，其生成的概率僅十萬分之一，是難得一見的植物中的「雙胞胎」。在中國，並蒂蓮一直被視為吉祥、喜慶甚至愛情的象徵，寓意夫妻同心、恩愛幸福。

蜻蜓為什麼要點水？

蜻蜓點水其實是在產卵。蜻蜓在水面飛行，用尾巴輕觸水面，把卵排在水裏或水草上。卵孵化成幼蟲，叫水蠆（chài，粵音柴[3]）。水蠆長大後經歷蛻皮長出翅膀，變成真正的蜻蜓。「蜻蜓點水」也是一個成語，比喻人們做事膚淺、不深入。

唐 · 李白 701 - 762 年

字號：字太白，號青蓮居士、「謫仙人」

簡介：唐代浪漫主義詩人，有「詩仙」之譽。性格豪爽，愛好喝酒，喜歡結交朋友，擅長舞劍。與杜甫並稱「李杜」。有《李太白集》傳世。

代表作：《望廬山瀑布》、《行路難》、《蜀道難》、《將進酒》、《早發白帝城》等

贈 汪 倫①
zèng wāng lún

李 白 乘 舟 將 欲 行 ，
lǐ bái chéng zhōu jiāng yù xíng

忽 聞 岸 上 踏 歌② 聲 。
hū wén àn shàng tà gē shēng

桃 花 潭③ 水 深 千 尺④ ，
táo huā tán shuǐ shēn qiān chǐ

不 及⑤ 汪 倫 送 我 情 。
bù jí wāng lún sòng wǒ qíng

注釋

❶ 汪倫：李白的朋友。
❷ 踏歌：唐代流行的一種民間歌舞形式，歌唱的同時用腳踏地打節拍，可以邊走邊唱，邊歌邊舞。
❸ 潭：深水池。
❹ 千尺：虛數，比喻詩人與汪倫友情深厚。
❺ 不及：不如。

譯文

李白登船將要離開，忽然聽到岸上傳來踏歌的聲音。即使桃花潭的水有千尺那麼深，也不如汪倫對我的情誼深厚啊。

賞析

這是李白寫給好友汪倫的一首留別詩。前兩句描寫送別的場面，可說是簡單直接、脫口而出的口語，表現出李白的瀟灑率性，也可見他與朋友相處不拘俗禮。後兩句將汪倫的情誼與千尺潭水相比，從而突出了汪倫對李白的深情厚誼。這首詩更特殊的地方在於，詩人和友人的名字都直接入詩，親切灑脫，雖然語言直白，卻意味更濃。

古詩詞中的百科

　　詩中提到的桃花潭在安徽省宣城市涇縣以西約四十公里處，臨近黃山與九華山，周邊風景秀麗。此處雖名為桃花潭，卻沒有真正的十里桃花，只是汪倫用來邀請李白的說辭而已。

↓ 潭與湖的區別 ↓

　　從地理上講，湖的面積大，強調廣度；潭的面積小，強調深度。兩者周圍的地理形態也不盡相同，湖是指陸地上聚積的大片水域，一般四周都有較為平坦的陸地包圍；而潭指的是水深之處。

尺有多長？

　　「尺」是中國長度單位之一，也叫「市尺」（現在三尺等於一米），英國有「英尺」。有時，我們也把測量長度的工具叫作尺，例如「竹尺」、「鋼尺」。

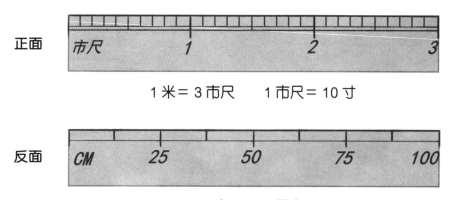

正面

1 米 = 3 市尺　　1 市尺 = 10 寸

反面

1 米 = 100 厘米

汪倫的追星夢

汪倫仰慕李白簡直到了痴迷的地步，他知道李白愛酒，於是每年釀造上好的高粱酒，藏在地窖裏，盼望有朝一日能與「詩仙」喝上一杯。鄉親們都說汪倫異想天開，沒想到這個夢想終究實現了。

據說汪倫想邀請李白到自己的家鄉桃花潭遊玩，於是在信中說家鄉有「萬家酒樓」和「千尺桃花」。李白來到後，才發現那酒樓原來叫「汪家酒樓」，「千尺桃花」其實是水深千尺的桃花潭。雖然汪倫跟李白開了個玩笑，但李白沒有生氣，還跟汪倫成為好友。

> 感謝你這麼欣賞我，快帶我去喝美酒、看美景吧！

> 我太崇拜你了！你是電你是光，你是唯一的神話！

宣紙與文房四寶

詩中汪倫與李白見面的地方是安徽省宣城市涇縣，古稱歙州。當地人製造的紙質地綿韌、潔白稠密，潤墨性好、耐老化，被稱為宣紙。用宣紙寫字作畫，墨韻清晰、滲透性好，享有「紙壽千年」的美譽。而作為「文房四寶」故鄉的宣城，除了宣紙之外，還有宣筆、徽墨、宣硯也舉世聞名，為歷代文人墨客所追捧。

唐·李白 701 - 762 年

字號：字太白，號青蓮居士、「謫仙人」

簡介：唐代浪漫主義詩人，有「詩仙」之譽。性格豪爽，愛好喝酒，喜歡結交朋友，擅長舞劍。與杜甫並稱「李杜」。有《李太白集》傳世。

代表作：《望廬山瀑布》、《行路難》、《蜀道難》、《將進酒》、《早發白帝城》等

望廬山瀑布
wàng lú shān pù bù

日 照 香 爐① 生 紫 煙② ，
rì zhào xiāng lú shēng zǐ yān

遙 看 瀑 布 掛 前 川③ 。
yáo kàn pù bù guà qián chuān

飛 流 直④ 下 三 千 尺 ，
fēi liú zhí xià sān qiān chǐ

疑 是 銀 河⑤ 落 九 天⑥ 。
yí shì yín hé luò jiǔ tiān

注釋

❶ 香爐：香爐峯。

❷ 紫煙：淡紫色的雲霧。

❸ 川：河流，這裏指瀑布。

❹ 直：從高處快速落下的樣子。

❺ 銀河：由大量恒星、星團、星雲等構成的帶狀星羣，像一條銀色的河，晴天夜晚可見。

❻ 九天：古人心中最高的天頂。

譯文

太陽照耀着香爐峯，淡紫色雲霧緩緩升起，遠遠望去好像瀑布掛在山前。瀑布從高處傾瀉而下，好像有三千尺那麼長，讓人恍惚以為是銀河從高高的天上瀉落下來。

賞析

這首風景詩描繪了廬山瀑布雄奇壯麗的景色。前兩句從遠景入手，「生紫煙」、「掛前川」動靜結合，寫出了遠望中的瀑布全景。後兩句以奇特的比喻和想像，寫出廬山的高峻、瀑布水流之急，構思奇特，用詞生動。

古詩詞中的百科

　　詩中提到的瀑布學名又叫「跌水」，通常是河流遇到地質斷裂、凹陷等特殊情況，導致水流從高處突然垂直降落所呈現的景觀。從山壁或河牀上突然降落的水，遠看好像掛着的白布，因而得名「瀑布」。

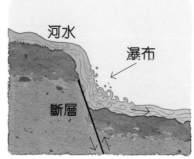

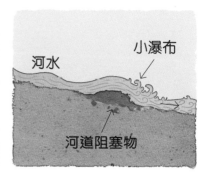

瀑布之最

↓ 世界上最寬的瀑布 ↓

　　南美的伊瓜蘇瀑布，最大寬度可達四千多米，號稱世界上最寬的瀑布。但是瀑布的寬窄會隨着氣候等因素發生變化，所以經常會有其他瀑布與它爭搶「第一寬」的寶座。

↓ 世界上海拔最高的瀑布 ↓

　　南美委內瑞拉丘倫河上的安赫爾瀑布，又叫天使瀑布，寬一百五十米，落差高達九百七十九米，是當今世界上已知海拔最高、落差最大的瀑布。

↓ 世界上最大的瀑布羣 ↓

　　黃果樹大瀑布是中國第一大瀑布，也是世界上最闊大壯觀的瀑布之一，位於中國貴州省。黃果樹大瀑布高七十七點八米，寬一百零一米；其中主瀑高六十七米，主瀑頂寬八十三點三米。景區內以黃果樹大瀑布為中心，分布着雄、奇、險、秀風格各異的大小十八個瀑布，形成一個龐大的瀑布「家族」，被世界健力士總部評為世界上最大的瀑布羣。

↓ 世界上最大的溫泉瀑布 ↓

　　螺髻九十九里溫泉瀑布位於中國四川省，2013 年獲世界紀錄協會認定為「世界最大溫泉瀑布」，是全球唯一一個可觀、可賞、可飲、可治病的天然溫泉（氡溫泉），溫泉水常年溫度 40℃。

廬山以前不叫「廬山」

公元前 4 世紀，周威烈王賞識一位隱居山林的民間奇人匡裕，希望他能夠出來做官。但是幾番尋訪之後，匡裕不見了，他曾修行的山從此被稱為「匡山」。北宋初年，宋太祖趙匡胤忌諱與山重名，於是將匡山改名為「廬山」。

香爐峯

廬山有南北香爐峯，李白詩中的香爐峯是位於廬山南秀峯寺後的南香爐峯。

廬山瀑布

瀑布是廬山的一大奇觀。三疊泉瀑布、開先瀑布、石門澗瀑布、黃龍潭和秀峯瀑布、王家坡雙瀑和玉簾泉瀑布等組成了廬山的瀑布羣。

延伸學習

《六月二十七日望湖樓醉書》（節選）
宋·蘇軾

黑雲翻墨未遮山，
白雨跳珠亂入船。
卷地風來忽吹散，
望湖樓下水如天。

唐 · 李白 701 - 762 年

字號：字太白，號青蓮居士、「謫仙人」

簡介：唐代浪漫主義詩人，有「詩仙」之譽。性格豪爽，愛好喝酒，喜歡結
交朋友，擅長舞劍。與杜甫並稱「李杜」。有《李太白集》傳世。

代表作：《望廬山瀑布》、《行路難》、《蜀道難》、《將進酒》、《早發
白帝城》等

yè sù shān sì
夜 宿① 山 寺

wēi lóu gāo bǎi chǐ
危 樓② 高 百 尺 ，

shǒu kě zhāi xīng chén
手 可 摘 星 辰 。

bù gǎn gāo shēng yǔ
不 敢 高 聲 語③ ，

kǒng jīng tiān shàng rén
恐④ 驚 天 上 人 。

注釋

❶ 宿：過夜。

❷ 危樓：高樓。

❸ 語：說話。

❹ 恐：恐怕。

譯文

　　山頂寺廟的樓閣那麼高，好像一伸手就能摘下星辰。站在樓上都不敢大聲說話，恐怕驚擾了天上的神仙。

賞析

　　這首詩語言平實樸素，卻平中見奇。詩人運用誇張和想像的手法，凸顯山寺閣樓之「高」，給人以身臨其境之感。

古詩詞中的百科

江心寺

　　江心寺位於湖北省黃梅縣蔡山的半山腰，今稱蔡山寺，是唐初大將尉遲恭主持修建的。據後人考證，詩中所說的「危樓」可能就是江心寺的藏經樓。

傳說中會打妖怪的尉遲恭

　　尉遲恭，字敬德，驍勇善戰，唐朝開國名將，曾助唐太宗李世民奪取帝位，一生戰功無數。蒲松齡《聊齋志異》書中的「白布怪」和「鴨怪」，相傳就是被當時的衢州府城隍尉遲恭（敬德）收服。因為鎮妖有功，衢州的百姓就將尉遲恭的畫像貼在了門上。久而久之，尉遲恭就變成了傳統文化中可以驅鬼避邪的中華門神。

精美的黃梅挑花

　　本詩創作於湖北省黃梅縣，黃梅縣有一種起源於唐宋的傳統民間藝術，那就是黃梅挑花。挑花是一種傳統手工技藝，一般通過繡製一個個小十字，再綜合刺繡等手法，最終組成較為複雜的圖案。黃梅挑花在明末清初達到鼎盛，其顏色豔麗，工藝精美，所展示的內容也相當豐富。2006年獲列入第一批國家級非物質文化遺產名錄。

星辰

「手可摘星辰」中的「星辰」是多義詞，可作為宇宙中星星的總稱，包括今天所說的恒星、行星、流星、彗星等；用在詩詞文學中指代歲月、明亮的燈光等。道教用「星辰」一詞指代頭髮。語出《虞書·堯典》：「曆象日月星辰」。

↓ **恒星** ↓

恒星是由引力凝聚在一起的球形發光等離子體，太陽就是最接近地球的恒星。

↓ **行星** ↓

行星通常指自身不發光，環繞着恒星的天體。一般來說，行星需具有一定質量，行星的質量要足夠大且近似圓球狀，自身不能像恒星那樣發生核聚變反應。太陽系有八大行星，包括水星、金星、地球、火星、木星、土星、天王星和海王星。

↓ **流星** ↓

流星指運行在星際空間的流星體（通常包括宇宙塵粒和固體塊），在接近地球時由於受到地球引力的攝動而被地球吸引，從而進入地球大氣層，並與大氣摩擦燃燒，產生光跡。

↓ **彗星** ↓

彗星是指進入太陽系內，亮度和形狀會隨日距變化而變化的繞日運動的天體，呈雲霧狀。彗星分為彗核、彗髮、彗尾三部分。彗核主要由冰塊構成，當彗星接近太陽時，冰塊受熱蒸發，在冰核周圍形成朦朧的煙霧狀的彗髮，以及一條稀薄物質流構成的彗尾。

		是否可以發光	體積大小	組成部分
	恒星	可以	大	熾熱氣體
	行星	不可以	比恒星小	鐵、氧、氫等元素
	流星	不可以	最小	塵埃微粒和微小的固體塊
	彗星	不可以	不固定	冰凍氣體＋岩石

35

宋・范成大 1126 - 1193 年

字號：字至能，早年自號此山居士，晚號石湖居士

簡介：南宋名臣、文學家、詩人。他繼承白居易、王建、張籍等詩人新樂府的現實主義精神，自成一家。其文字風格平易淺顯、清新嫵媚，以反映農村社會生活內容的作品成就最高。

代表作：《石湖集》、《吳郡志》等

梅雨五絕・其二
méi yǔ wǔ jué · qí èr

乙酉①甲申②雷雨驚③，
yǐ yǒu jiǎ shēn léi yǔ jīng

乘除④卻賀⑤芒種⑥晴。
chéng chú què hè máng zhòng qíng

插秧先插蚤⑦秈稻⑧，
chā yāng xiān chā zǎo xiān dào

少忍⑨數旬⑩蒸米成。
shǎo rěn shù xún zhēng mǐ chéng

注釋

❶ 乙酉：乙酉月，白露到寒露之間，包括白露和秋分兩個節氣。

❷ 甲申：甲申月，立秋到白露之間，包括立秋和處暑兩個節氣。

❸ 驚：驚人，反常。

❹ 乘除：歲月流逝，季節變換。

❺ 賀：可喜。

❻ 芒種：別稱「忙種」，夏季的第三個節氣，時間通常為公曆 6 月 6 日前後。

❼ 蚤：「早」，通假字。

❽ 秈稻：人工栽培水稻的一種，植株葉片較寬、多絨毛，稻粒相對細長。秈 xiān，粵音仙。

❾ 少忍：略微等候。

❿ 旬：每十日為一旬。

譯文

　　去年立秋直到寒露，雷雨多發有些反常，可喜的是今年芒種時節天氣不錯，這對即將到來的夏收以及秋收作物的播種都是非常有利的。接下來的首要任務是栽種秈稻，然後只需等上幾十天，我們就能吃到新米了。

賞析

　　詩的前兩句由雷雨寫到天晴，實際的時間跨度較大，但始終追尋着節氣的變化，因而線索清晰有序。第三句從插秧勞作寫起，再到末句米飯上桌，很明顯省略了很多場景，處理方法卻又顯得順理成章，最終降落到一個十分親切的有關「吃」的境界裏。

古詩詞中的百科

「芒種」時節，中國大部分地區氣溫顯著升高，長江中下游陸續變得多雨。小麥、大麥等有芒作物可以收穫，黍、稷等要在夏天播種的作物正待插秧播種，所以在芒種前後，農民會非常忙碌。種完水稻之後，人們用新麥麵蒸發包作為供品，祈求秋天有好收成，五穀豐登。

↓ 有芒作物 ↓

這裏的「芒」就是「麥芒」的「芒」，在麥子結出麥穗的同時，它的葉子在逐步退化，最終變成一條條針狀物，也就是麥芒。粳稻（粳 jīng，粵音羹）和野生稻都屬於有芒作物，其中粳稻俗稱大米，黃河流域以及北方廣大地區都有種植。而野生稻是所有人工種植水稻的老祖先，通常出現在低海拔的江河流域，或者平原、沼澤等濕度較高的地區。

野生稻	秈稻和粳稻
	非糯稻和糯稻
	旱稻和水稻
	人工稻、懶人稻、巨型稻、海水稻等

粳稻的穀粒相對短圓，它與秈稻齊名，是水稻的另一大品類。粳稻的生長周期較長，但所需日照時間短，並且具有一定抗寒能力。

↓ 梅雨季節 ↓

梅雨，簡單地說，就是一種持續不斷的陰雨天氣，將會波及長江中下游等廣大區域，通常出現在每年的 6 至 7 月。由於此時正值江南梅子成熟季，所以俗稱「梅雨」。

真棒！

奶奶，我會包糉子了呢！

↓ 端午節 ↓

端午節起源於中國，最初是上古先民以龍舟競渡形式祭祀龍祖的節日。戰國時期的楚國詩人屈原在端午節抱石跳汨羅江自盡，於是後人將端午節作為紀念屈原的節日。端午節期間，中國民間有包糉子、掛艾草與菖蒲、佩香囊、扒龍船、午時立蛋等習俗。

天干地支

天干地支是中國古代的一種紀年方法，「乙酉甲申雷雨驚」中的乙酉月和甲申月都屬於干支月曆。十天干和十二地支依次相配，組成六十個基本單位，兩者按固定的順序相互配合，組成了干支紀元法。天干地支的發明影響深遠，至今依舊用於曆法、術數、計算、命名等各方面。十二生肖是十二地支的形象化代表，與地支一一對應，可用於計算年齡，現在已經成為一種民間文化。

不辱使命

當年南宋與金抗衡較量之際，南宋朝廷劣勢顯著。宋孝宗與金人簽訂和議後，想向金人索回北宋諸帝陵寢之地，並重訂接受國書之禮，這在當時來講幾乎是挑釁的行為，滿朝文武都不敢出面，只有本詩作者范成大敢於出使。范成大在燕山秘密草擬奏章，並呈進國書，言辭慷慨。金朝君臣正認真傾聽時，范成大忽然獻上國書，險些當場被殺，但他沒有被嚇怕，最終得以保全氣節歸國。

我一定完成使命！

難道我說的不對？

通假字

詩中「插秧先插蚤秈稻」中的「蚤」通「早」，是一個通假字。「通假」，就是「通用」。通假字，指用讀音或字形相同或相近的字代替本字。例如《敕勒歌》中「風吹草低見牛羊」，「見」同「現」，意思是出現，作動詞用。

宋·楊萬里 1127 - 1206 年

字號：字廷秀，號誠齋

簡介：南宋名臣，著名文學家、詩人，與陸游、尤袤、范成大並稱為「中興四大詩人」。宋光宗趙惇曾為其題寫「誠齋」二字。一生著作頗豐，大多描寫自然景物，也有不少反映民生疾苦，抒發愛國情懷的作品。

代表作：《小池》、《曉出淨慈寺送林子方》等

曉出①淨慈寺送林子方

畢竟②西湖六月中，

風光不與四時③同。

接天蓮葉無窮④碧，

映日⑤荷花別樣⑥紅。

注釋

❶ 曉出：早晨走出。

❷ 畢竟：到底。

❸ 四時：春、夏、秋、冬四個季節。這裏指夏季以外的時間。

❹ 無窮：形容大面積長在一片水域中的蓮葉。

❺ 映日：陽光照耀。

❻ 別樣：格外。

譯文

　　六月時的西湖景色到底與其他季節不同。碧綠的荷葉一眼望不到邊，彷彿與天相接，陽光下的荷花感覺格外紅豔。

賞析

　　詩的前兩句用質樸無華的語言讚美了西湖六月風光，後兩句具體展示六月風景與四時之景的不同之處。「無窮碧」的荷葉與「別樣紅」的荷花，使西湖風光之美更鮮明、突出，而且貼切、自然，境界闊大。

古詩詞中的百科

太子侍讀

> 簡單來說，就是高級一點兒的書僮啦！

　　詩題中說到的「林子方」擔任直閣秘書期間，與本詩作者楊萬里同朝為官並結為好友。當時楊萬里的職務是太子侍讀，主要職責是陪伴太子讀書。

> 當地老百姓太可憐了，我一定要查明真相，還百姓公道。

體恤百姓

　　楊萬里到江西奉新做知縣的時候，當地百姓遭受酷吏欺壓，動不動就被關進大牢。楊萬里查明情況，立刻釋放了牢裏的無辜民眾。人們回到家中安心生產，生活也一天天好轉起來。

誠齋體

　　「誠齋體」是一種詩歌的派別，創始人是楊萬里，號誠齋，故稱為誠齋體。其風格特徵是平易自然、清新活潑。詩人把自己的主觀情感最大限度地投射到客觀事物上，想像奇特，但是不用奇奧生僻的字句，只用淺白的語言和流暢的章法，近乎口語。楊萬里的詩歌學習江西詩派，最後擺脫前人的束縛而自成一家，取得了很高的成就。

南宋四大家

　　愛國詩人楊萬里與陸游、范成大、尤袤（mào，粵音貿）三位著名詩人齊名，並稱為「南宋四大家」，或者「中興四大詩人」。

淨慈寺位於杭州西湖南岸、雷峯塔的對面，建於五代十國時期，最初是作為永明禪師的修行之地。寺廟的晚鐘聲音悅耳洪亮，成為了「西湖十景」之一，即「南屏晚鐘」。

為什麼荷葉可以防水？

在荷葉上倒幾滴水，水不會粘在葉面上，而是滾落下去並且不留痕跡。這是因為荷葉表面有一層茸毛和一些蠟質顆粒，這些都是納米級的小顆粒，非常微小，這樣，水滴和荷葉的接觸面很小，水滴仍可保持球形，所以能滾動。荷葉這種疏水的表面，使落在葉面上的水會因表面張力的作用形成水珠。如果葉面傾斜，水珠就會流走。

延伸學習

《題臨安邸》
宋·林升
山外青山樓外樓，
西湖歌舞幾時休？
暖風熏得遊人醉，
直把杭州作汴州。

清 · 查慎行 1650 - 1727 年

字號：字悔餘，號他山

簡介：清代詩人、文學家。為官清廉，深得康熙皇帝器重。晚年居於初白庵。
因弟查嗣庭訕謗案，以家長失教獲罪入京，次年放歸，不久去世。

代表作：《他山詩鈔》、《敬業堂詩集》等

舟夜書所見
zhōu yè shū suǒ jiàn

月黑見漁①燈，
yuè hēi jiàn yú dēng

孤②光一點螢。
gū guāng yì diǎn yíng

微微風簇③浪，
wēi wēi fēng cù làng

散作滿河星。
sàn zuò mǎn hé xīng

注釋

❶ 漁：漁船。
❷ 孤：孤零零的。
❸ 簇：掀起。

譯文

月光晦暗的夜晚漆黑一片，只能看見漁船上的燈火。孤零零的漁火如螢火蟲般閃爍着微光。微風拂過，水面泛起微瀾，漁火的倒影四散開來，好像灑落了滿河的星光。

賞析

這首小詩以極其簡練的語言，勾勒出一幅轉瞬即逝的景致。前兩句寫靜，寧靜漆黑的夜，黑沉沉的河面上一點孤寂的漁火；後兩句寫動，微風掀起細浪，搖碎漁火倒影，化作點點星光。動靜結合，畫面感極強。

古詩詞中的百科

謹言慎行

　　本詩作者查慎行原名查嗣璉，是康熙年間的進士。他出生於「一門七進士，叔姪五翰林」的書香之家。然而，當年清政府大興文字獄，冤案頻出，所以查家長輩一再告誡子孫遠離是非。本詩作者為了提醒自己，就把名字改成了「查慎行」。

師從黃宗羲

　　查慎行師從黃宗羲先生學習經學。黃宗羲是明末清初的經學家、史學家和思想家，博學多才，被譽為「中國思想啟蒙之父」。

　　所謂「經學」，通常是指儒家的十三部經典：《詩經》、《尚書》、《禮記》、《周易》、《左傳》、《公羊傳》、《穀梁傳》、《周禮》、《儀禮》、《論語》、《孝經》、《爾雅》和《孟子》。

煙波釣徒

臣本煙波一釣徒。

　　有一回，皇帝賜給查慎行鮮魚一條，他就作了一首《連日恩賜鮮魚恭紀》（又名《紀恩詩》）：「笠簷蓑袂平生夢，臣本煙波一釣徒。」意思是，我本來就是個釣魚的人，借此表達了一種快樂平和的心境。後來，人們習慣用「煙波釣徒」稱呼查慎行，也借指隱居江湖的人。

師從錢澄之

莊屈合詁　田間易學　田間詩學

　　查慎行的詩學老師錢澄之是安徽省桐城縣人，明末愛國志士、文學家，代表作有《莊屈合詁》、《田間易學》、《田間詩學》等，其文筆質樸、豪放，不刻意雕琢文字。

螢火蟲為什麼能發光？

詩中「孤光一點螢」的「螢」指的是螢火蟲。全世界已知約二千種，分布於熱帶、亞熱帶和溫帶地區；中國記載有十屬五十四種。

螢火蟲腹部有七至八節，第六、七節有發光器，能發黃綠色光。大部分螢火蟲的腹部末端有發光器，發光器裏有發光細胞、反射層細胞等。發光細胞有一種含磷的化學物質，稱為螢光素，在螢光素催化下會發生一連串複雜的生化反應，過程中產生的能量就以光的形式釋出。螢火蟲的亮光，有些是表示警戒、威嚇，有些是表示求偶、誘捕等。

發光是我們螢火蟲的暗號！

囊螢映雪

晉代有個窮孩子車胤，家裏買不起燈油。一天晚上，車胤看到螢火蟲散發着點點光芒，就想：如果能把這些光集中在一起，不就能照明了嗎？說做就做，車胤用白布裝了幾十隻螢火蟲，繫住口吊起來，使之成了一盞螢光燈。他夜夜苦讀，終成一代名臣。這就是「囊螢」的故事。至於「映雪」，是指同朝代的孫康也因家貧無法讀書，在冬夜利用雪光看書。「囊螢映雪」這個成語用來形容人夜以繼日地讀書，苦學不倦。

把螢火蟲集中在一起的話就可以照明了吧？

哇！真的好明亮，這樣我在晚上也可以繼續學習了！

下雪天雖然很冷，但白雪和月光映照着，明亮似白天，剛好可以看書呢！

唐·李白 701 - 762 年

字號：字太白，號青蓮居士、「謫仙人」

簡介：唐代浪漫主義詩人，有「詩仙」之譽。性格豪爽，愛好喝酒，喜歡結
交朋友，擅長舞劍。與杜甫並稱「李杜」。有《李太白集》傳世。

代表作：《望廬山瀑布》、《行路難》、《蜀道難》、《將進酒》、《早發
白帝城》等

望天門山

天門中斷楚江①開②，
碧水東流至此回③。
兩岸青山相對出④，
孤帆一片日邊來。

注釋

❶ 楚江：長江中游的古稱。
❷ 開：劈開，沖斷。
❸ 回：激起漩渦。
❹ 出：聳立。

譯文

　　高聳的天門山被浩蕩的長江水攔
腰截斷，碧綠的江水一路向東奔流，
到這裏更加洶湧澎湃。兩岸的青山巍
峨險峻，夾江對峙，一葉孤舟好像從
遙遠的天邊馳來。

賞析

　　這首詩從遠望的視角落筆，前兩句用鋪敍的手法描寫天門山的雄奇壯觀，江水浩蕩奔流
的氣勢和江水之深、江水之綠，後兩句描繪從兩岸青山中間望過去見到的景致，「相對」二
字使青山有了生命和感情。詩中的紅日、碧水、青山、白帆，使整個畫面明麗光艷，層次分明。

古詩詞中的百科

天門山

李白詩中的「天門山」，位於現今安徽省的和縣與蕪湖市的長江兩岸，在江北（和縣）的叫西梁山，在江南（蕪湖）的叫東梁山。兩山隔江對峙，形同門戶，所以叫「天門」。

天門書院

蕪湖天門山附近有一座天門書院，建於南宋，匾額為宋理宗趙昀御筆題寫。此地學風端正，書院多年來積累了大量藏書，也受到了許多官員的資助，得以修繕。明末毀於火災。

安徽古書院概貌

其他著名書院

907 年，唐朝滅亡，中國歷史進入分裂時期，官學遭到破壞，中國開始出現一批私人創辦的書院。之後經歷千百年的歷史流轉，「四大書院」也應運而生，它們分別是應天書院（今河南商丘睢陽南湖畔）、嶽麓書院（今湖南長沙嶽麓山）、白鹿洞書院（今江西九江廬山）以及嵩陽書院（今河南登封嵩山）。

升級為國子監的書院——應天書院

應天書院前身為睢陽書院（睢 suī，粵音須），是五代後晉時的商丘人楊愨（què，粵音確）所創辦。慶曆三年（1043），應天書院改升為「南京國子監」，成為北宋最高學府，同時也成為中國古代書院中唯一一座升級為國子監的書院。

李白是詩仙，也是酒仙。酒不僅是李白生活的必需品，也是他生命的一部分。李白作詩更是離不開酒，他喝了酒之後，靈感如波濤般洶湧而出。酒與李白灑脫不羈的個性以及四海為家的逍遙胸懷相輔相成。正是在酒的陪伴下，李白才創造出無數像《望天門山》這樣意境壯闊的千古名詩。

一喝酒我就有靈感作詩了，叫我如何不愛它？

↓ 李白在哪兒「望天門山」？ ↓

試想想，如果李白是站在岸上某處「望」，那麼他只能看到兩座相對立的高山，而不是「相對出」。李白只有在順流而下的小船上「望」，才有可能感受到「兩岸青山相對出」這樣不斷變幻的景色。

《江南春》
唐·杜牧
千里鶯啼綠映紅，
水村山郭酒旗風。
南朝四百八十寺，
多少樓台煙雨中。

唐・劉禹錫 772 - 842 年

字號：字夢得

簡介：唐朝中晚期詩人、文學家，有「詩豪」之稱。劉禹錫詩文俱佳，涉獵題材廣泛，與柳宗元並稱「劉柳」，與白居易合稱「劉白」，與韋應物、白居易合稱「三傑」。

代表作：《陋室銘》、《竹枝詞》、《楊柳枝詞》、《烏衣巷》等

竹枝詞①二首・其一
zhú zhī cí èr shǒu　qí yī

楊 柳 青 青 江 水 平 ，
yáng liǔ qīng qīng jiāng shuǐ píng

聞 郎 江 上 唱 歌 聲 。
wén láng jiāng shàng chàng gē shēng

東 邊 日 出 西 邊 雨 ，
dōng biān rì chū xī biān yǔ

道 是 無 晴② 卻 有 晴 。
dào shì wú qíng què yǒu qíng

注釋

❶ 竹枝詞：由四川民歌演化而成的一種詩體。

❷ 晴：雙關語，同「情」字。

譯文

　　江邊的楊柳枝條青翠，水面開闊平靜，忽然聽到情郎在江上唱歌的聲音。東邊太陽還在天上，西邊卻下起了雨，要説不是晴天吧，卻還有晴的地方。

賞析

　　用諧音雙關語來表達思想感情，是中國歷代民歌中常用的一種表現手法。這首詩以「晴」寓「情」，具有一種含蓄之美，貼切自然地表現了女子那種含羞不露的感情。全詩音節和諧，具有民歌風情，歷來為人們所喜愛、傳誦。尤其是最後兩句「東邊日出西邊雨，道是無晴卻有晴」，早已成為千古傳誦的名句。這兩句既是在説天氣的「晴」與「無晴」，也是在説感情上的「有情」與「無情」。

古詩詞中的百科

「夏至」是二十四節氣之一，在每年公曆的 6 月 20 至 22 日。夏至這天，太陽幾乎直射北回歸線，北半球各地的白晝時間達到全年最長。這天過後，太陽將會走「回頭路」，陽光直射點開始從北回歸線向南移動，北半球白晝將會逐日減短。

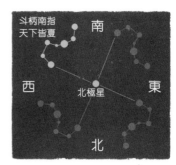

↓ 北斗指南 ↓

北斗星共由七顆星組成，古人把它想像成用來舀酒的斗。在現代天文學上，北斗七星屬於大熊座的一部分，位於大熊的尾巴。北半球星星繞着北極順時針旋轉，所以在不同時候觀測北斗星時，它的位置會有不同。古語云：斗柄南指，天下皆夏。

↓ 極晝極夜 ↓

地球的南極和北極每年都會出現漫長的極晝、極夜現象，一日之內沒有晝夜更替。極晝即是太陽不落下，長時間都是光亮的。極夜即是太陽總不出來，長時間都是黑漆漆的。通常每年 3 到 9 月，北極點出現極晝，南極點出現極夜，之後則相反。

↓ 圭表測影 ↓

圭表是中國古代測日影長度時所用的儀器。「圭」是正南正北方向平放的測定表影長度的刻板，「表」就是直立於平地上測日影的標桿和石柱。通過觀測每天正午時分表影（日影）長度的變化，可確定節氣和年長，每年表影最短的那天為夏至。

↓ 鹿角解 ↓

《逸周書》曰：「夏至之日，鹿角解。」意思是說，到了夏至，鹿角就會脫落。這就像人類換牙，是正常的生理現象。當鹿角長到最大尺寸後，骨頭開始變硬，鹿茸脫落，剩下骨頭，這時的鹿角成為打鬥時的重要武器。交配期結束時，鹿角也會脫落，藉以保存能量。等到春天來臨，其頭頂上就能長出一對新的隆起的組織骨結節。

民歌與古詩

中國古代很多詩作的靈感都來源於民間歌謠，甚至有不少著名詩句本身就是民歌的詞。比如《詩經》和《漢樂府》，它們有許多作品都採集自民歌。李白的《子夜四時歌》也是沿用六朝樂府舊題創作的新詞。

你們被這個「詞」字騙了吧？《竹枝詞》其實是首民歌！

《竹枝詞》原來是首民歌

劉禹錫將民歌《竹枝詞》改編成了文人詩詞，後人爭相效仿，四川本土作者更是積極參與。從存世作品來看，此類作品對傳遞、記錄古代巴蜀地區風土人情功不可沒。

東邊日出西邊雨

此句說的是「太陽雨」，即是在晴天或有太陽的時候出現下雨的現象。有時是因為一個地方有烏雲降雨，雨水卻被強風吹到另一個地方才落下。也可能是因為天氣突然轉變，出現降雨，但是雨還沒從高空落到地面，天上的雲已經消失了，所以看起來天氣晴朗，卻在下雨。

出現太陽雨的日子，有時還會見到彩虹。

宋 · 蘇軾 1037 - 1101 年

字號：字子瞻、和仲，號東坡居士、鐵冠道人

簡介：北宋著名文學家、書法家、畫家。蘇軾一生為官屢次被貶，但是他坦蕩曠達，始終保持樂觀的心態，在文學藝術上取得了卓越的成就，在詩、詞、散文方面均有建樹。

代表作：《東坡七集》、《東坡易傳》、《東坡樂府》等

飲湖上初晴後雨
yǐn hú shàng chū qíng hòu yǔ

水 光 瀲 灩① 晴 方 好②，
shuǐ guāng liàn yàn qíng fāng hǎo

山 色 空 濛③ 雨 亦 奇 。
shān sè kōng méng yǔ yì qí

欲④ 把 西 湖 比 西 子⑤，
yù bǎ xī hú bǐ xī zǐ

淡 妝 濃 抹 總 相 宜⑥ 。
dàn zhuāng nóng mǒ zǒng xiāng yí

注釋

❶ 瀲灩：波光閃動的樣子。瀲灩 liàn yàn，粵音殮豔。

❷ 方好：樣貌最好。

❸ 空濛：細雨迷濛。

❹ 欲：可以，如果。

❺ 西子：西施，春秋時代越國的美女。

❻ 相宜：合適。

譯文

在燦爛的陽光照耀下，西湖水波蕩漾，波光閃閃，十分美麗。在迷濛的雨霧籠罩下，湖畔山色若隱若現，雲霧繚繞，非常奇妙。可以把西湖比作美人西施，無論淡妝還是濃妝，都是那麼自然適宜。

賞析

這首詩寫西湖之美。前兩句描寫了晴天的水、雨天的山，通過兩種天氣、兩種地貌來體現西湖山水風光之美。後兩句用比喻的修辭手法，把西湖之美與西施之美相比，具體而傳神，表現出了西湖的神韻。

古詩詞中的百科

成名已久的西湖

「欲把西湖比西子」中的「西湖」就在杭州市內。杭州古稱錢塘，杭州西湖也曾叫錢塘湖，因湖位於杭州的西邊，又稱西湖。文學作品中最早將錢塘湖稱作西湖的，應是白居易的兩首詩：《西湖晚歸回望孤山寺贈諸客》與《杭州回舫》。

河湖有別

河通指一般的水道，一般都會不停流淌，最後注入內海或者湖泊，就像充滿活力的小伙子。河可分為河源、上游、中游、下游和河口五部分。

湖是指陸地上聚積的大片水域，四周通常是被陸地包圍的，是個相對封閉的水體。內流區域的湖泊多為鹹水湖，因為河水只能流入湖泊，但湖水流不出去，在強烈蒸發下，水裏的鹽分較多。至於外流區域的湖泊多為淡水湖。

西湖十景

是指西湖及其周邊的十處特色風景。最常見的說法是蘇堤春曉、斷橋殘雪、曲院風荷、花港觀魚、柳浪聞鶯、雷峯夕照、三潭印月、平湖秋月、雙峯插雲、南屏晚鐘。

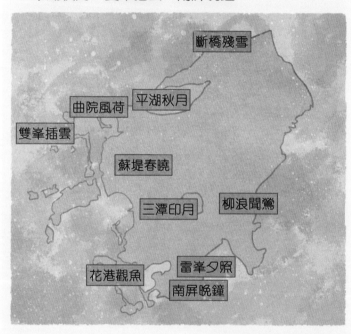

世界上最大的鹹水湖——里海

里海位於亞洲和歐洲的交界處，西北與俄羅斯相接。儘管名中有「海」，但其真實身份是世界上面積最大的鹹水湖。

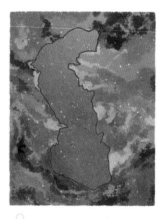

中國歷史上的「吳越爭霸」是指春秋時期，吳、越兩個諸侯國之間的一場鬥爭，發生在江浙一帶，最終越國勝利，吳國滅亡。

↓ 吳王夫差 ↓

夫差（約公元前 528 年－公元前 473 年），姬姓，吳氏，春秋時期吳國末代國君。公元前 494 年於夫椒之戰大敗越國，之後又於艾陵之戰打敗齊國。公元前 482 年，於黃池之會與中原諸侯歃血為盟，卻遭越軍乘虛而入。公元前 473 年，吳國被滅，夫差自刎。

↓ 越王勾踐 ↓

勾踐（約公元前 520 年－公元前 465 年），春秋末年越國國君，公元前 494 年被吳軍敗於夫椒，成為吳國人質，要服侍吳王夫差，飽受凌辱。返國後重用范蠡、文種，又卧薪嘗膽，使越國國力逐漸恢復。公元前 482 年大敗吳軍，公元前 473 年破吳都，迫使夫差自盡，滅吳稱霸，成為春秋時期最後一位霸主。

四大美人之一的西施

詩人用「淡妝濃抹總相宜」來打比喻的西施生活在吳越爭霸時期，相傳她在越國的策劃下潛入吳國做王妃，為越國滅吳做出了很大貢獻。西施與王昭君、貂蟬、楊玉環並稱為「中國古代四大美人」。四大美人享有「沉魚落雁、閉月羞花」之美譽，其中的「沉魚」，講的就是「西施浣紗」的經典傳說。

東施效顰

從前，西施因為心口疼皺着眉頭行走，鄰居東施看到了覺得這樣很美，於是長得很醜的東施就效仿西施，捂着胸口皺着眉頭，自以為很美。鄰居們看到了都覺得東施的行為實在不堪入目，不是閉門不出，就是帶着孩子遠離。「東施效顰」這個成語比喻模仿別人時，模仿不好反而出醜，適得其反，說明不應盲目模仿的道理。

清 · 袁枚 1716 - 1798 年

字號：字子才，號簡齋，晚年自稱「隨園主人」

簡介：清代詩人、文學評論家和美食家。與趙翼、蔣士銓合稱為「乾嘉三大家」。主張詩文應寫出詩人的個性，其文筆與大學士直隸紀昀齊名，為「清代駢文八大家」之一。

代表作：《祭妹文》、《小倉山房文集》、《隨園詩話》、《補遺》、《新齊諧》、《隨園食單》等

所見 (suǒ jiàn)

牧童①騎黃牛，
（mù tóng qí huáng niú）

歌聲振②林樾③。
（gē shēng zhèn lín yuè）

意欲捕鳴蟬，
（yì yù bǔ míng chán）

忽然閉口立④。
（hū rán bì kǒu lì）

注釋

❶ 牧童：指放牛的孩子。

❷ 振：迴蕩。

❸ 樾：樹蔭。樾 yuè，粵音越。

❹ 立：站立。

譯文

小牧童騎在牛背上，洪亮的歌聲在樹林中迴蕩。忽然聽見知了的叫聲，想要捉住牠，於是停住歌聲，靜悄悄站在樹旁。

賞析

這首詩生動地描繪了生活中的一個小場景，語言淺顯易懂，形象自然生動，烘托出和平、寧靜和優美如畫的田園風光，以及活潑、自在和天真無邪的牧童形象，也表現出詩人的真性情。

古詩詞中的百科

本詩作者袁枚愛書如命，做官的俸祿幾乎都用來買書了，天長日久，竟然積累了四十萬卷書籍，並築起了「小倉山房」、「所好軒」等藏書樓。後來，乾隆皇帝向他討書，袁枚慷慨捐獻了許多珍貴的手抄本。

兄妹情深

袁枚三妹袁素文，名機，代表作有《素文女子遺稿》，她雖有才華卻婚姻不幸。乾隆二十四年（1759）鬱鬱而終。袁機自幼隨哥哥一同上課，又脾性極佳，兄妹間可謂骨肉情深。三妹去世後，袁枚作了多篇詩文紀念她。其中，《祭妹文》作於乾隆三十二年（1767）冬，即其妹去世後八年，真情感人，可與韓愈《祭十二郎文》相提並論。

隨園的主人都是明星

1706 年前後，曹雪芹的祖父曹寅在金陵建造了一處宅院。多年以後，這座大院子被剛剛退隱的袁枚買下，並命名為「隨園」。袁枚在隨園生活了將近五十年的時間，並在這裏創作了大量優秀文學作品，成為當時最負盛名的文人。袁枚晚號「隨園老人」，而這座園子也成了江南三大名園之一。

↓ 退隱金陵 ↓

袁枚選擇退隱的金陵是南京古稱之一，歷史上有很多朝代在此建都，有「十朝都會」的美稱。金陵是中華文明的重要發祥地，有着七千多年文明史、近二千六百年建城史和近五百年建都史。金陵是中國四大古都中唯一未做過異族政權首都的古都，被視為漢族的復興之地，在中國歷史上具有特殊的地位和價值。

蟬鳴是怎麼來的?

「意欲捕鳴蟬」中蟬的「叫聲」,其實是雄蟬腹肌上一層膜的震動收縮形成的,並不是由喉嚨發出的。只有雄蟬才會發出這種聲音。

↓ 懂數學的蟬──周期蟬 ↓

周期蟬是北美一類蟬的屬名,其生命周期為十三年或十七年,也被稱為十三年蟬或十七年蟬。幼蟲孵化後即鑽入地下,一生絕大多數時間在地下度過,靠吸食樹根的汁液生存。到了孵化後的第十三年或第十七年,同種蟬的若蟲同時破土而出,在四至六周內羽化、交配、產卵、死亡。卵孵化後進入下一個生命周期。因此,在美國東部一些地方每隔十三年或十七年就會突然出現大量的蟬,這也是一種奇景。

我是雄蟬,我不是靠喉嚨發聲的呢!

吃貨筆記──《隨園食單》

《隨園食單》是袁枚鑽研美食數十年的成果,詳細記錄了三百二十六種南北菜餚以及點心的製作方法和禁忌,同時介紹了一些美酒名茶。

↓ 茄二法 ↓

吳小谷廣文家,將整茄子削皮,滾水泡去苦汁,豬油炙之。炙時須待泡水乾後,用甜醬水乾煨,甚佳。盧八太爺家,切茄作小塊,不去皮,入油灼微黃,加秋油炮炒,亦佳。是二法者,俱學之而未盡其妙,惟蒸爛劃開,用麻油、米醋拌,則夏間亦頗可食。或煨乾作脯,置盤中。

↓ 黃魚 ↓

黃魚切小塊,醬酒郁一個時辰,瀝乾。火鍋爆炒兩面黃,加金華豆豉一茶杯,甜酒一碗,秋油一小杯,同滾。候滷乾色紅,加糖,加瓜薑收起,有沉浸濃郁之妙。又一法,將黃魚拆碎,入雞湯作羹,微用甜醬水、芡粉收起之,亦佳。大抵黃魚亦係濃厚之物,不可以清治之也。

唐·李白 701 - 762 年

字號：字太白，號青蓮居士、「謫仙人」

簡介：唐代浪漫主義詩人，有「詩仙」之譽。性格豪爽，愛好喝酒，喜歡結
交朋友，擅長舞劍。與杜甫並稱「李杜」。有《李太白集》傳世。

代表作：《望廬山瀑布》、《行路難》、《蜀道難》、《將進酒》、《早發
白帝城》等

早發①白帝②城
zǎo fā bái dì chéng

朝 辭 白 帝 彩 雲 間 ，
zhāo cí bái dì cǎi yún jiān

千 里 江 陵③一 日 還 。
qiān lǐ jiāng líng yí rì huán

兩 岸 猿 聲 啼 不 住④，
liǎng àn yuán shēng tí bú zhù

輕 舟 已 過 萬 重⑤山 。
qīng zhōu yǐ guò wàn chóng shān

注釋

❶ 發：啟程，出發。
❷ 白帝：重慶奉節的白帝城。
❸ 江陵：湖北荊州。
❹ 住：停。
❺ 萬重：形容山峯連綿不絕。

譯文

　　清晨辭別雲霞映照中的白帝城，千里之遙的江陵一天就可以到達。兩岸的猿啼聲在耳邊不停地迴蕩，輕快的小船已駛過一座又一座山巒。

賞析

　　這首詩寫李白從白帝城到江陵一天之內的行程。李白在五十八歲時被流放到夜郎，途中忽然遇赦，得以返家，心裏十分高興。不過，李白並沒有直接抒情，而是寫行程，特別是「輕舟已過萬重山」準確反映出詩人歸家的急切和愉悦的心情。

古詩詞中的百科

白帝城的來歷

這絕對是塊風水寶地！

西漢末年，公孫述佔據重慶地區稱帝，並在奉節白帝山上修建城池。當時，城裏有一口井，井口時常冒白氣。公孫述認為是吉兆，於是將他新築的城稱為白帝城，並自稱為「白帝」。

李白的人生際遇

永王，我李白從今往後就跟着您了。

嗚嗚……永王被殺，我也被牽連入獄，甚至要流放到夜郎，心裏好難受呀！

新皇登基，大赦天下，恭喜你，你自由了！

755 年，安史之亂爆發。至德元年（756），唐玄宗李隆基的兒子永王李璘招兵買馬，李白也被納入旗下。之後，李璘割據江東，唐肅宗派兵圍剿，永王被殺，李白也隨之入獄，後來流放到夜郎，心情鬱悶。然而，就在李白經過白帝城時，肅宗大赦天下。李白大喜過望，第二天一早便離開了白帝城，這才有了《早發白帝城》一詩。

猿：我不是猴子

猿是一種靈長類動物，包括長臂猿、黑猩猩、大猩猩、猩猩等。猿與猴有些相似，但是猿沒有尾巴，而且手臂比腿要長，從這一點上就可以簡單分辨出猿與猴。

長臂猿因喉部生有發達的聲囊，所以善於鳴叫。牠們基本生活在樹上，擅長用雙臂攀爬、在樹枝間擺盪跳躍，行動靈活敏捷。

猿　　　猴

五彩雲霞

「朝辭白帝彩雲間」中提到的「彩雲」和我們日常看到的白雲其實是同一種物體。我們看到的雲大多數時候是白色或者橙紅色的。但是，當陽光透過較薄且濕度較大的雲層時，彩雲就有可能出現了，尤其是在晴朗的清晨和傍晚。彩雲是日光的折射造成的。當雲層中存在冰晶時，光線還會產生衍射，就像棱鏡分光一樣，這時就會形成彩色光環。

↓ 晚霞為什麼是紅色的？ ↓

根據瑞利散射原理，紫色光、藍色光很容易被散射開來，波長越長的，像紅色光、橙色光就越不容易被散射。日落或日出時，太陽幾乎在視線的正前方，此時太陽光在大氣中有很長的路要走，藍、紫光被大量散射，只剩下了紅、橙光能夠進入我們的視線。

光的衍射

「光的衍射」指光在傳播過程中，遇到障礙物或小孔時，偏離直線傳播的路徑而繞到障礙物後面傳播的現象。例如圓孔衍射的衍射圖樣中，中間的圓環最光亮，外面是亮、暗相間的圓環，越靠外，圓環的亮度越弱、寬度越小。

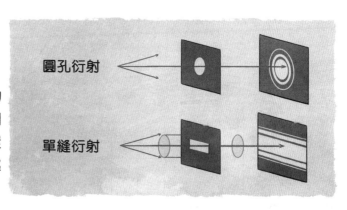

圓孔衍射

單縫衍射

唐·元稹 779 - 831 年

字號：字微之

簡介：唐朝詩人、文學家。元稹（zhěn，粵音診）一生著述頗豐。其詩歌現存約八百三十首。他還曾將自己與友人的作品編輯為《元氏長慶集》一百卷，題材不限於詩歌。

代表作：《菊花》、《離思五首》、《遣悲懷三首》、《鶯鶯傳》等

小暑六月節
xiǎo shǔ liù yuè jié

倏忽①溫風至，因循②小暑來。

竹喧③先覺雨，山暗已聞雷。

戶牖④深青靄⑤，階庭長綠苔。

鷹鸇⑥新習學，蟋蟀莫相催。

注釋

❶ 倏忽：忽然間。倏 shū，粵音叔。

❷ 循：依照。

❸ 喧：聲音很大。

❹ 戶牖：門窗。牖 yǒu，粵音友。

❺ 青靄：綠色的雲霧。靄 ǎi，粵音曖。

❻ 鸇：一種猛禽，類似鶻鷹。鸇 zhān，粵音煎。

譯文

　　突然間，暖暖的熱風到了，原來是循着小暑的節氣而來。竹子的喧嘩聲預示着大雨即將來臨，山色昏暗下來，彷彿已經聽見隆隆的雷聲。正因為一場場雨，門窗之上籠罩着綠色的霧靄，庭院石階上綠苔蔓延得更長了。小鷹剛開始練習飛翔和捕食的技能，蟋蟀你不要叫得太急，別再催促牠了。

賞析

　　這首詩準確把握了物候特徵，用豐富的形象表現出小暑的節氣特徵。第二句選取竹、山、雷三個意象，從聽覺、視覺方面，展示雨前的自然景象，畫面感很強。第三句用青靄、綠苔襯托出小暑雨水多的特點以及環境的清幽。最後一句通過小鷹和蟋蟀這兩種生物，生動地表現出小暑的物候特徵，給人一種生機勃勃的感覺，畫面有聲有色，動感十足。

古詩詞中的百科

「小暑」在每年公曆 7 月 6 日至 8 日之間。暑代表炎熱，節氣到了小暑，表示開始進入炎熱的夏日。古人將小暑分為「三候」，每「候」五天，「一候」吹來的風都夾雜熱浪；「二候」田野的蟋蟀到民居附近避暑；「三候」鷹上高空，因為那裏比較清涼。

↓ 強對流天氣頻發 ↓

強對流天氣是指出現短時強降水、雷雨大風、龍捲風、冰雹等現象的災害性天氣。小暑前後，強對流天氣頻發，暴雨、雷電時常突然出現，時間可短至僅幾分鐘。

↓ 瓜熟蒂落 ↓

隨着氣溫升高，西瓜這種夏季代表水果也開始大量上市。西瓜成熟時，瓜蒂會變細、萎縮，之後自然脫落。「瓜熟蒂落」也是一個成語，比喻時機一旦成熟，事情自然成功。

↓ 放暑假 ↓

大部分小朋友都開始放暑假了。放暑假也預示着一個學期的結束，在暑假裏除了要好好休息、安全出遊之外，也不要忘記做暑假作業呀！

↓ 吃藕和「食新」 ↓

民間有小暑吃藕和「食新」的習俗，「食新」即在小暑過後嘗新米。農民將新割的稻穀碾成米後煮成飯來吃，還用這些飯供祀五穀大神和祖先。

用翅膀唱歌的蟋蟀

蟋蟀喜歡在夜間唱歌，但牠不是用喉嚨或聲帶發聲，而是用翅膀發聲。在雄蟋蟀右邊的翅膀上，有一個像銼樣的短刺，左邊的翅膀上，長有像刀一樣的硬棘，左右兩翅一張一合，相互摩擦，振動翅膀就可以發出悅耳的聲響。雌蟋蟀的翅膀平滑，不能發聲。

我用翅膀來唱歌，好聽嗎？

天貺節

天貺節（貺 kuàng，粵音況）是在農曆的六月初六，一般在小暑前後。大江南北過節的風俗各有特色，但只要天氣晴朗，大家都會曬被子、曬衣服，寺院的經書也會拿出來曬一曬。相傳這一習俗源於唐代，高僧玄奘西天取經歸國，過海時經文被海水浸濕，於是玄奘將經文攤開曬乾，這一天也就成了象徵着吉利的節日。

救命呀！我的寶貝經文啊！

嗚嗚……快快曬乾吧！阿彌陀佛……

《鶯鶯傳》

本詩作者元稹還寫過一部傳奇小說《鶯鶯傳》，主要講述貧寒書生張生對貴族女子崔鶯鶯始亂終棄的悲劇故事。元代王實甫的雜劇《西廂記》就是以此為基礎創作的。

宋 · 蘇軾 1037 - 1101 年

字號：字子瞻、和仲，號東坡居士、鐵冠道人
簡介：北宋著名文學家、書法家、畫家。蘇軾一生為官屢次被貶，但是他
坦蕩曠達，始終保持樂觀的心態，在文學藝術上取得了卓越的成就，
在詩、詞、散文方面均有建樹。
代表作：《東坡七集》、《東坡易傳》、《東坡樂府》等

題①西林②壁
tí xī lín bì

橫③看 成 嶺 側 成 峯，
héng kàn chéng lǐng cè chéng fēng

遠 近 高 低 各 不 同。
yuǎn jìn gāo dī gè bù tóng

不 識④盧 山 真 面 目，
bù shí lú shān zhēn miàn mù

只 緣⑤身 在 此 山 中。
zhǐ yuán shēn zài cǐ shān zhōng

注釋

❶ 題：題寫。
❷ 西林：江西盧山的西林寺。
❸ 橫：正面。
❹ 不識：不能辨別。
❺ 緣：因為、由於。

譯文

　　盧山的山嶺連綿起伏，從遠處、近處、高處、低處看，都呈現出不同的風貌。之所以看不清盧山的真正面目，就是因為置身山中，無法看到它的全貌。

賞析

　　這是一首寫景詩，同時也蘊含着深刻哲理。「不識盧山真面目，只緣身在此山中」，是說之所以不能辨認盧山的真實面目，是因為身在盧山之中，視野被盧山峯巒遮蔽，看到的只是局部，因此帶有片面性。這兩句詩為讀者提供了一個回味與想像的空間，烘托出整首詩的意境，引起廣泛共鳴，因而千古流傳。

古詩詞中的百科

題詩聖地西林寺

廬山西林寺坐落於江西省九江市廬山北麓，建於東晉時期。歷史上眾多文人都曾為西林寺題詩，其中蘇軾的《題西林壁》最負盛名。

九江的前身——潯陽

詩中描述的廬山位於九江市內，九江古時候叫作潯陽。這座城就坐落在潯陽江的北面，因而得名。

山南水北為陽

古人認為一座山的南面，以及一條江河的北岸，都是陽光能夠輕易照到的地方，於是稱山南水北為陽。潯陽在江北，所以名字中含有「陽」。

角度不同，結果不同

「橫看成嶺側成峯」，角度不同，所看到的事物也會不同。我們在思考問題時應客觀全面，如果主觀片面，就得不出正確的結論，同時還應學會轉換角度解決難題。

豪放派鼻祖

我是豪放派鼻祖！

　　這裏的豪放是指文學風格，蘇軾的詞屬於豪放一派。豪放派的特點大體是創作視野較為廣闊，氣象恢宏雄放，喜將國事軍情入詞，又喜用詩文的手法、句法寫詞，反映現實，較多引用典故，不拘守音律，然而有時失之平直，甚至涉於狂怪叫囂。

　　蘇軾的詞一改晚唐五代以來的傳統詞風，開創豪放派的先河，取得很高的成就，所以說他是豪放派的鼻祖。

婉約派

　　婉約派和豪放派同為中國宋詞流派，婉約派的內容更側重兒女風情，傷春悲秋，離愁別緒等等。這一派的作品結構深細縝密，音律婉轉和諧，語言圓潤清麗，有一種柔婉之美。代表人物有柳永、張先、晏殊、晏幾道、歐陽修、李清照等。

延伸學習

《觀書有感》
宋·朱熹
半畝方塘一鑒開，
天光雲影共徘徊。
問渠那得清如許？
為有源頭活水來。

宋・翁卷 生卒年不詳，約為南宋時期人

字號：字靈舒

簡介：詩人，永嘉四靈之一。生平未有出仕做官。作品以寫景居多，擅長錘煉字句，以五言詩最具代表性，例如《春日和劉明遠》：「一階春草生，幾片落花輕。」

代表作：《四岩集》、《葦碧軒集》等

鄉村四月
xiāng cūn sì yuè

綠 遍 山 原① 白 滿 川②，
lù biàn shān yuán bái mǎn chuān

子 規③ 聲 裏 雨 如 煙 。
zǐ guī shēng lǐ yǔ rú yān

鄉 村 四 月 閒 人 少 ，
xiāng cūn sì yuè xián rén shǎo

才 了④ 蠶 桑⑤ 又 插 田 。
cái liǎo cán sāng yòu chā tián

注釋

❶ 山原：山與山之間大片開闊的曠野。

❷ 川：平地。

❸ 子規：一種杜鵑鳥。

❹ 才了：剛剛結束

❺ 蠶桑：養蠶。

譯文

　　山坡田野間草木茂盛，稻田裏的水色與天光交相輝映。在如煙如霧的濛濛細雨中，杜鵑聲聲啼叫。鄉村的四月正是最忙的時候，剛剛結束採桑餵蠶又要去插秧了。

賞析

　　這首詩以白描手法寫江南農村初夏的景象，前兩句寫景，用綠原、白川、子規、煙雨，把水鄉初夏的景色勾勒出來。後兩句寫人，突出農民在水田插秧的形象，襯托出「鄉村四月」勞動的緊張與繁忙。這首詩把自然之美和勞動之美和諧地統一在畫面裏，語言明快，格調輕鬆，形象鮮明，讀起來朗朗上口。

古詩詞中的百科

師從葉適

本詩作者翁卷的老師是「永嘉學派」的葉適（1150 -1223），字正則，號水心居士，是南宋的思想家、文學家、政論家。1178 年科舉考試高中榜眼，也就是第二名。

永嘉四靈

「永嘉四靈」指的是浙江永嘉的四位大詩人：徐照，字靈暉；徐璣，號靈淵；趙師秀，號靈秀；翁卷，字靈舒。他們都是葉適的學生，而且字或號中都帶有「靈」字，所以被稱為「永嘉四靈」。

溫州的前身——永嘉

溫州古稱永嘉郡，唐朝開始稱作溫州，曾以刺繡、漆器、造紙、造船業著稱於世，也是中國青瓷的發源地之一。

刺繡

漆器

造紙

造船

青瓷

青瓷表面覆蓋青色釉彩，這種顏色的形成主要是由於其陶胎中含有一定量的氧化鐵。青瓷的瓷質細膩、線條明快流暢、造型端莊渾樸、色澤純潔而斑斕，因而舉世知名。青瓷早在商周時期就已出現，三國兩晉南北朝後，南北方的青瓷開始各具特色。南方青瓷胎質堅硬細膩，呈淡灰色，釉色晶瑩純淨，類冰似玉。北方青瓷胎體厚重，玻璃質感強，流動性大，釉面有細密的開片，釉色青中泛黃。

詩中所說採桑餵蠶的技術相傳源於蠶神嫘祖。嫘祖又名累祖，一說為遠古軒轅黃帝的妃子，是最早養蠶紡絲的人。相傳嫘祖為西陵氏之女，距今五千年左右，生於古西陵國（今河南省西平縣師靈崗）。有一次，嫘祖隨母親上山採野果，看到樹上有很多白色的「果子」（蠶繭），於是帶回去放在鍋裏煮，

好多白色的果子呀！

哎呀！怎麼這麼多細絲啊！

試試用蠶絲來縫衣服吧！

攪拌時發現出現了很多細絲。嫘祖母親心想，用蠶絲來縫衣服一定更美觀和結實。於是，嫘祖母女開始用蠶絲製衣，還將採繭抽絲的技術教給西陵氏族的人。

延伸學習

《三衢道中》
宋·曾幾

梅子黃時日日晴，
小溪泛盡卻山行。
綠陰不減來時路，
添得黃鸝四五聲。

唐 · 呂岩 798 - 不詳

字號：又名呂洞賓，號純陽子

簡介：唐末著名道士，道教大宗師，世稱呂祖或純陽祖師。八仙傳說中呂洞賓的原型。其人生大部分光陰用在修行、弘揚道法等方面，並不以文學成就著稱於世。世間多有傳說，被尊為劍祖、劍仙。

代表作：《呂祖全書》、《純陽劍法》等

牧童 mù tóng

草 鋪① 橫② 野 六 七 里 ，
cǎo pū héng yě liù qī lǐ

笛 弄③ 晚 風 三 四 聲 。
dí nòng wǎn fēng sān sì shēng

歸 來 飽 飯④ 黃 昏 後 ，
guī lái bǎo fàn huáng hūn hòu

不 脫 蓑 衣⑤ 臥 月 明 。
bù tuō suō yī wò yuè míng

注釋

❶ 鋪：鋪展生長。

❷ 橫：形容不受限制。

❸ 弄：調皮挑逗。

❹ 飽飯：吃飽了飯。

❺ 蓑衣：一種古老的雨衣，多用草或棕樹皮製成。
　　蓑 suō，粵音梳。

譯文

青草肆意生長鋪滿原野，晚風中隱約傳來斷斷續續的牧笛聲。黃昏後，放牧歸來的牧童吃過晚飯，蓑衣也不脫就躺在草地上仰望着天上的月亮。

賞析

這首詩描寫了牧童「日出而作，日落而息」的生活，閒逸而且舒適。詩中呈現出的牧童那種自然放鬆和心靈的無羈無絆，隱含着詩人對遠離喧囂、安然自樂生活的嚮往。

古詩詞中的百科

本詩作者呂岩就是八仙傳說中呂洞賓的原型,真實的呂岩才華橫溢,他中過進士也做過官,後來厭倦官場,領着妻子來到中條山修行。「洞賓」的意思就是「我來山洞做客了」。中條山在山西省南部,地跨臨汾、運城、晉城三個城市,因位於太行山與華山之間,形狀比較狹長,所以得名「中條」。

《東遊記》

神怪小說《東遊記》又名《上洞八仙傳》,總共二卷五十六回,主要講述了八仙得道修仙的故事。作者是吳元泰,明朝人,生平不可考。

八仙

八仙的故事早在漢代已經開始流傳,但有哪八個、名字為何,有不同的說法。《東遊記》出現之後,八仙的名字和次序才算是固定下來,分別是鐵拐李、漢鍾離、藍采和、張果老、何仙姑、呂洞賓、韓湘子和曹國舅。

張果老　　　漢鍾離

鐵拐李　　曹國舅　　藍采和　　何仙姑　　呂洞賓　　韓湘子

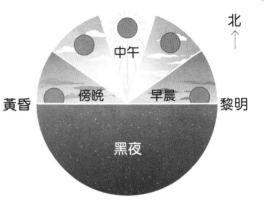

黃昏

黃昏指日落以後到天還沒有完全黑的這段時間。與之相對的詞語是黎明，指天快要亮或剛亮的時候。

里

里是長度計量單位，常用於計量地理距離，現在又稱為華里、市里。中國古代常用，但不同朝代所說的一里，實際長度有些出入。現時的一里等於五百米。

中國笛子

「笛弄晚風三四聲」中的笛子，是中國傳統音樂中常用的橫吹木管樂器之一，一般分為南方的曲笛、北方的梆笛，以及介於兩者之間的中音笛。音域一般能達到兩個八度以上，是中國音樂的代表樂器之一。

↓ 笛子的分類 ↓

曲笛：笛身較為粗長，音高較低，音色醇厚，多分布於中國南方。
梆笛：笛身較為細短，音高較高，音色清亮，多用於中國北方各戲種。
中音笛：形狀、發音特點介於曲笛和梆笛之間。

宋 · 曾幾 1084 - 1166 年

字號：字吉甫，自號茶山居士

簡介：南宋詩人，江西詩派後期主要代表詩人。其詩作大多以生活小事為描寫對象，格調輕快、語言直白生動。曾幾是詩人陸游的老師，也是宋明理學創始人周敦頤的入室弟子。

代表作：《三衢道中》、《南山除夜》等

大暑 (dà shǔ)

赤日①幾時過，清風無處尋。
(chì rì jǐ shí guò，qīng fēng wú chù xún)

經書聊②枕籍，瓜李漫③浮沉。
(jīng shū liáo zhěn jí，guā lǐ màn fú chén)

蘭若④靜復靜，茅茨⑤深又深。
(lán ruò jìng fù jìng，máo cí shēn yòu shēn)

炎蒸乃如許，那更惜分⑥陰⑦。
(yán zhēng nǎi rú xǔ，nà gèng xī fēn yīn)

注釋

❶ 赤日：火熱的陽光。

❷ 聊：在附近。

❸ 漫：浸泡。

❹ 蘭若：樹林。

❺ 茅茨：茅草屋，這裏指平常百姓居住的地方，陌巷。茨 cí，粵音池。

❻ 分：分外。

❼ 陰：光陰。

譯文

　　熾熱的太陽什麼時候才能落山，炎熱的天氣沒有一絲清風。反復吟讀的經書在枕邊相伴，浸泡在冷水裏的香瓜甜李解除了暑氣。樹林裏聽不見人聲顯得更加幽靜，陌巷裏看不見人影顯得更加深遠。這樣熱得像火烤和蒸騰的季節裏，更應該知道珍惜時光。

賞析

　　大暑就是「熱」的代名詞，詩人通過赤日炎炎、涼風難尋、讀書靜心、水果用冷水浸泡等表達大暑時節的炎熱，又以樹林和深巷中無人的寂靜強化了炎熱的狀態，最後兩句勸人們珍惜光陰，靜心讀書。

古詩詞中的百科

「大暑」是夏季的最後一個節氣，通常在公曆 7 月 23 日前後，此時是一年中天氣最炎熱的時候。農作物生長很快，旱災、氾濫、風災等各種氣象災害也最為頻繁。中國東南沿海一些地區有「過大暑」的習俗，例如，福建莆田人要在這天互贈荔枝。

↓ 雷陣雨 ↓

雷陣雨是一種伴有雷電的陣雨現象，產生於雷暴積雨雲下，通常表現為大規模的雲層運動，比陣雨要劇烈得多，並且伴有放電現象，常見於夏季。

↓ 鳳仙花 ↓

鳳仙花，雙子葉植物綱，一年生草本花卉。花的顏色多樣，有粉紅、大紅、紫色、粉紫等。花瓣或者葉子搗碎，包在指甲上，能為指甲染上鮮豔的紅色，非常漂亮，很受女孩子喜愛。

↓ 割稻 ↓

農村有諺語「大暑不割禾，一天少一籮」，意思是說，如果大暑時節不及時收割稻穀，成熟的穀粒遇到大風就會被吹落地面，這樣收成就會大打折扣。因此，在大暑前後及時把握收割早稻的時間，才會喜獲豐收，同時，也給晚稻的搶種和豐收留出了寶貴的時間。

↓ 腐草為螢 ↓

古人誤以為螢火蟲是由腐草變化而成的。其實到了夏季，螢火蟲會在水邊的水草上產卵，幼蟲入土化蛹，次年春天就變為成蟲。

江西詩派

本詩作者曾幾所屬的江西詩派形成於北宋後期，是中國文學史上第一個有正式名稱的詩文派別。成員大多受黃庭堅影響，詩作以描寫書齋生活為主，重視用字和造句技巧。

虔州四曾

「虔州四曾」指的是曾幾和他的大哥曾弼、二哥曾懋、三哥曾開，兄弟四人都是聞名一時的進士。他們的父親曾淮，也是進士。

師從周敦頤

曾幾是周敦頤的入室弟子。周敦頤是《愛蓮說》的作者，他是宋朝儒家理學思想的開山鼻祖，也是一位文學家和哲學家。

周敦頤老師的名篇《愛蓮說》

《愛蓮說》是北宋理學家周敦頤創作的一篇散文。這篇文章通過對蓮的形象和品質的描寫，歌頌了蓮花堅貞的品格。名句「出淤泥而不染，濯清漣而不妖，中通外直，不蔓不枝，香遠益清，亭亭淨植，可遠觀而不可褻玩焉」，除了讚美蓮花，也表現了作者高潔的人格和灑脫的胸襟。

宋·辛棄疾 1140 - 1207 年

字號：字幼安，號稼軒

簡介：南宋豪放派詞人、將領，有「詞中之龍」之稱。青年時期投入軍旅，抵抗金兵入侵。其早期的詞、文大多抒發愛國情懷，慷慨高昂，是作品傳世數量最多的宋詞作者。

代表作：《水龍吟·登建康賞心亭》、《永遇樂·京口北固亭懷古》等

清平樂① · 村居
qīng píng yuè · cūn jū

茅簷低小，溪上青青草。
máo yán dī xiǎo，xī shàng qīng qīng cǎo

醉裏吳音②相媚③好，白髮誰家翁媼④？
zuì lǐ wú yīn xiāng mèi hǎo，bái fà shéi jiā wēng ǎo

大兒鋤豆⑤溪東，中兒正織⑥雞籠。
dà ér chú dòu xī dōng，zhōng ér zhèng zhī jī lóng

最喜小兒亡賴⑦，溪頭臥剝蓮蓬。
zuì xǐ xiǎo ér wú lài，xī tóu wò bō lián péng

注釋

❶ 清平樂：詞牌名。

❷ 吳音：江南地區的方言。

❸ 媚：溫柔的樣子。

❹ 媼：老婦人。媼 ǎo，粵音奧。

❺ 鋤豆：在豆田裏鋤草。

❻ 織：編織。

❼ 亡賴：亡，通「無」。無賴，指淘氣的小孩。
  亡 wú，粵音無。

譯文

　　茅屋的房檐低矮，溪邊長滿青草。帶有醉意的吳地方音溫柔動聽，滿頭白髮的是誰家的老爺爺老奶奶呢？大兒子在溪東邊的豆田裏鋤草，二兒子正在家裏編織雞籠。最喜歡的小兒子很頑皮，正躺在溪邊草叢裏，剝着剛摘下的蓮蓬。

賞析

　　這是一首描寫農村生活的詞，也是一幅農村風俗畫，描寫了農村和平寧靜、樸素安適的生活。寫景方面，將茅簷、小溪、青草等農村常見的景物組合在一個畫面裏，清新自然。寫人方面，老爺爺老奶奶飲酒聊天，大兒鋤草，中兒編雞籠，小兒躺在溪邊剝蓮子玩，呈現出生機勃勃、寧靜安適的農村生活狀態，樸實生動。

古詩詞中的百科

蓮蓬的寓意

蓮蓬，又名藕實，是荷花的花托，頂部類似圓錐體，其中藏着荷花的種子——蓮子。蓮蓬多含蓮子，蓮子諧音「連子」，蓮蓬多子寓意「多子多孫，子孫滿堂」。

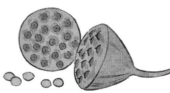

蓮在佛教中意義非凡，許多佛像都是立或臥於蓮座上，具有神聖潔淨的象徵意義，契合了佛教造像中所追求的莊嚴美和典型美。觀世音菩薩坐的就是荷花的花心——蓮蓬，可見蓮蓬自古就有祝福的意思。

鵝湖之會

「鵝湖之會」是指中國古代思想史上第一次著名的哲學辯論會。1175 年，呂祖謙為了調和朱熹「理學」和陸九淵「心學」兩派之間的理論分歧，邀請陸九齡、陸九淵兄弟來鵝湖寺與朱熹見面，雙方就各自的哲學觀點展開了激烈的辯論。後人也用「鵝湖之會」比喻具有開創性的辯論會。

1188 年，辛棄疾的友人陳亮特意到江西上饒拜訪他，二人在鵝湖寺相聚數日，共商恢復大計，暢談英雄理想，並寫出數首相互酬答的唱和詞，也被後人稱為「鵝湖之會」。

哭朱熹

朱熹去世的時候，其學說正被官府限制打壓，眾多嫡傳弟子都不敢登門祭拜。但是辛棄疾不怕，他不僅為朱熹送行，而且寫下了千古不朽的悼詞：「所不朽者，垂萬世名，孰謂公死？凜凜猶生！」

嗚嗚……朱兄你走了，我好孤獨好難過呀！

賢妻如玉

辛棄疾出生時正值金人佔領中原，宋室南移，所以他出生於金國，年輕時以「歸正人」的身份南下回歸宋朝。可是南宋朝廷瞧不起「歸正人」，辛棄疾得不到朝廷重用，滿腔鬱憤。

辛棄疾南歸宋朝的當年，定居京口（今江蘇鎮江），並跟范邦彥之女、范如山之妹范如玉結為夫妻。他的這位范氏妻子，是一位知書達理的女子。據說辛棄疾有一次在外面喝得大醉，要人拖他回家，酒醒後，看見妻子在窗戶上貼上「條幅」，勸說丈夫飲酒要有度。

劉伶病酒

相公，美酒雖好，但不要貪杯呀！

夫人，我知道了，飲酒要適度嘛！

漢樂府

出處：《樂府詩集》

作者：佚名

簡介：本詩選自宋代郭茂倩編纂的《樂府詩集》。全書共一百卷，收錄了上起漢魏，下至五代的歌謠。除了有封建朝廷的樂章，還保存了大量民間入樂的歌詞和文人創造的《新樂府詩》。

江南 (jiāng nán)

江南可①採蓮，蓮葉②何③田田④。
(jiāng nán kě cǎi lián，lián yè hé tián tián。)

魚戲蓮葉間，魚戲蓮葉東，
(yú xì lián yè jiān，yú xì lián yè dōng，)

魚戲蓮葉西，魚戲蓮葉南，
(yú xì lián yè xī，yú xì lián yè nán，)

魚戲蓮葉北。
(yú xì lián yè běi。)

注釋

❶ 可：正是、適宜的。

❷ 蓮葉：荷花的葉子，葉片大而肥厚。

❸ 何：多麼。

❹ 田田：茂盛，長勢很好的樣子。

譯文

　　江南到了採摘蓮藕的大好時節，碧綠的荷葉長得非常茂盛。小魚在荷葉下嬉戲玩耍，一會兒游到東，一會兒游到西，一會兒游到南，一會兒游到北。

賞析

　　這是一首採蓮歌，是人們在採蓮時唱的歌謠。它的歌詞簡單、樸實，多用重複的句式和字詞，節奏明朗、歡快。歌中通過描寫碧綠的荷葉和游動的小魚，烘托出採蓮時節的熱鬧場景。古代江南採蓮時節，青年男女歡聚一堂，在勞動中相識相知。作者用心觀察和描繪，反映了豐收帶給採蓮人的無盡喜悅。

古詩詞中的百科

美麗富饒的江南

古時江南又稱為「吳越」。詩中所說的「江南」，廣義上包括長江以南的大部分區域，現在通常指長江中下游以南。從古至今「江南」的地圖一直在不斷變化，但始終代表着美麗富饒的水鄉景象，至今也是自然條件優越、物產資源豐富、商品生產發達、工業門類齊全的地區。

江南印象

↓ 油紙傘 ↓

油紙傘之所以在江南有着廣大的市場，除了具有價格低廉、分量輕巧、取用方便等特點外，還因為這裏的年降雨量較高，氣候多變。油紙傘以竹條做傘架，再用塗刷了天然防水桐油的皮棉紙做傘面，多為手工製作。

↓ 青花瓷 ↓

中國的瓷器舉世知名，而元、明、清三代以來瓷器中最為著名的，是創自江西景德鎮的青花瓷。景德鎮青花瓷藍白相映，晶瑩美觀，有「人間瑰寶」之譽。

↓ 烏篷船 ↓

烏篷船是江南地區特有的水上交通工具，它的竹篾篷漆成黑色，因而得名。烏篷船的船篷低矮、船身狹小，不便站立，划船的人要用雙腳划槳。

漢樂府及樂府詩

本詩《江南》是漢樂府創作的一首樂府詩。漢樂府，原指官府機構，設立於西漢初年，主要負責收集民間詩歌，並為詩歌配上樂曲，在朝廷祭祀或宴會時演奏。這些用來配樂的詩歌就稱為「樂府詩」，簡稱「樂府」。

漢樂府的分類

↓ 郊廟歌辭 ↓

多是貴族文人為祭祀而作，華麗典雅。

↓ 鼓吹曲辭 ↓

漢初由北方民族傳入的北狄樂，內容龐雜，主要是由民間創作。

↓ 相和歌辭 ↓

音樂是各地採來的俗樂，歌辭也多是「街陌謠謳」。當中也有不少優秀作品，可說是漢樂府中的精華。

↓ 雜曲歌辭 ↓

其中樂調多不知所起，因無可歸類，就自成一類。裏面有一部分優秀民歌。

延伸學習

《惠崇春江晚景》
宋・蘇軾
竹外桃花三兩枝，
春江水暖鴨先知。
蔞蒿滿地蘆芽短，
正是河豚欲上時。

宋 · 辛棄疾 1140 - 1207 年

字號：字幼安，號稼軒

簡介：南宋豪放派詞人、將領，有「詞中之龍」之稱。青年時期投入軍旅，
抵抗金兵入侵。其早期的詞、文大多抒發愛國情懷，慷慨高昂，是
作品傳世數量最多的宋詞作者。

代表作：《水龍吟·登建康賞心亭》、《永遇樂·京口北固亭懷古》等

西江月① · 夜行黃沙道②中

明月別枝驚鵲③，清風半夜鳴蟬。

稻花香裏說豐年，聽取蛙聲一片。

七八個星天外，兩三點雨山前。

舊時茅店④社林⑤邊，路轉溪橋忽見。

注釋

❶ 西江月：詞牌名。

❷ 黃沙道：南宋朝廷興修的一條比較寬闊平坦
的道路，位於江西境內。

❸ 別枝驚鵲：驚動喜鵲飛離樹枝。

❹ 茅店：用茅草蓋的鄉村客店。

❺ 社林：土地廟旁邊祭神專用的那片樹林。

譯文

　　皎潔的月光驚飛了枝頭的喜鵲，清
涼的晚風吹過，彷彿聽見遠處的蟬聲。
聞着稻花的香氣，耳邊傳來陣陣蛙聲，
似乎青蛙也在爭着談論豐收的景象。天
空烏雲密布，只能看見幾顆星星閃爍，
山前下起了淅淅瀝瀝的小雨。原來的鄉
村客店就在土地廟附近的樹林旁，轉過
溪上的橋頭，它忽然出現在眼前。

賞析

　　這首詞的內容再平常不過，詞中的景物也極平常，但因詩人巧妙的構思和投入的真情實
感，令人回味無窮。前四句寫夏日夜晚山道上的景物，還有詩人的親身感受，洋溢着豐收的
氛圍。後四句寫詩人一路上心情愉悅，烏雲和小雨絲毫沒有影響他，路途在不知不覺間也走
過了許多，突然就看到曾經住過的客店了。整首詞呈現出清幽的夜色、恬靜的氣氛和濃郁的
鄉土氣息。

古詩詞中的百科

為什麼雄蛙叫得更響？

雄蛙和雌蛙都能叫，但由於雄蛙有聲囊，能比雌蛙叫得更響。雄性青蛙的口角兩邊有一對能鼓起來振動的外聲囊，每當牠們叫的時候，聲囊就會起到擴音器的作用，並產生共鳴，讓蛙鳴聲傳到幾百米外。

> 我的聲音沒有雄青蛙大！

雌青蛙

> 現在你知道該怎麼區分青蛙的性別了吧？

雄青蛙

報喜的喜鵲

喜鵲是中國文化中的吉祥鳥，又名「報喜鳥」，人們常用「喜鵲登枝」寓意好事將近。喜鵲其實是一種食性較雜的鳥類，牠們喜歡棲息在民居附近的大樹上，能夠捕捉金龜子、松毛蟲等樹林害蟲。

中國還有哪些代表吉祥的動物？

↓鶴↓

代表長壽、吉祥和高雅。

↓大象↓

「象」與「祥」諧音，大象用鼻子吸水，寓意吸財。

↓鹿↓

「鹿」與「祿」諧音，被用來指代福祿。

↓魚↓

「魚」與「餘」同音，比喻富餘、吉慶、幸運。

稻花

稻花指稻子開的花，一般於夏季開放。一株稻穗可以開出二百至三百朵稻花，一朵稻花會形成一粒稻穀。不過，稻花沒有花瓣，從外觀上很難看到雄蕊和雌蕊。

「濟南二安」這個說法是清初文學家王士禎最早提出來的，指本詩作者辛棄疾，以及宋代女詞人李清照。辛棄疾，字幼安，是宋詞「豪放派」代表人物；李清照，號易安居士，是宋詞「婉約派」代表人物。他們都是濟南人，字號中都有「安」字。

我號易「安」居士。

李清照

我字幼「安」。

辛棄疾

這就是「濟南二安」，「濟南二安」是我王士禎先提出來的呢！

王士禎

辛棄疾詞中為何沒有岳飛？

同為抗金主力，同為宋朝忠臣，雖然辛棄疾出生晚於岳飛三十七年，但堪稱「用典狂魔」的辛棄疾，幾乎句句用典，卻居然從未在詩詞中提過岳飛。這是為什麼呢？

岳飛後來雖然獲得平反，但殺岳飛的宋高宗趙構卻一直活到辛棄疾年近五十之時，以當時的形勢來說，誇讚前朝皇帝所殺的臣子並不妥當，反而有殺身之憂。因此，辛棄疾的詞中並無岳飛的身影。

和《楓葉橋夜泊》相似的意境

「明月別枝驚鵲」這句是一種很細緻的寫實。烏鵲對光線極為敏感，日蝕時牠們會被驚動，亂飛亂啼，月落時也是這樣。這句話實際上就是「月落烏啼」（唐·張繼《楓橋夜泊》）的意思，但是比「月落烏啼」說得更生動，不說「啼」而「啼」自見，在字面上也可避免與「鳴蟬」造成堆砌呆板的結果。

立春

農曆二十四節氣中的第一個節氣，又名歲首、立春節等。二十四節氣是依據黃道推算出來的。立，是「開始」的意思；春，代表着温暖、生長。立春意味着春季的開始。古時候流行在立春時祭拜春神、太歲、土地神等，敬天法祖，並由此衍化出辭舊布新、迎春祈福等一系列祭祝祈年文化活動。

雨水

二十四節氣中的第二個節氣，在每年農曆正月十五前後（公曆 2 月 18 日至 20 日），太陽到達黃經 330°。東風解凍，散而為雨，天氣回暖，雪漸少，雨漸多。雨水節氣前後，萬物開始萌動，氣象意義上的春天正式到來。雨水和穀雨、小雪、大雪一樣，都是反映降水現象的節氣。

驚蟄

中國農曆二十四節氣中的第三個節氣，一般在公曆 3 月 5 日或 6 日。此時太陽到達黃經 345°，標誌着仲春時節的開始。此時氣温回升，雨水增多，正是中國大部分地區開始春耕的時候。此前，一些動物入冬藏伏土中，不飲不食，稱為「蟄」；到了「驚蟄」，天上的春雷驚醒蟄居的動物，稱為「驚」。

春分

春季九十天的中分點、二十四節氣之一，在每年公曆 3 月 21 日左右。這一天，太陽直射地球赤道，南北半球季節相反，北半球是春分，南半球就是秋分。春分也是節日和祭祀慶典，是伊朗、土耳其、阿富汗等國家的新年。中國民間通常將其作為踏青（春天到野外郊遊）的開始。

清明

「清明」既是自然節氣，也是傳統節日，一般在公曆 4 月 4 日或 5 日。清明節，又稱踏青節、祭祖節，融自然與人文風俗為一體。清明節習俗是踏青郊遊、掃墓祭祀、緬懷祖先，這是中華民族延續數千年的優良傳統，不僅有利於弘揚孝道親情、喚醒家族共同記憶，還能增強家族成員乃至民族的凝聚力和認同感。

穀雨

二十四節氣中的第六個節氣，也是春季最後一個節氣，意味着寒潮天氣基本結束，氣温回升加快，將有利於穀類農作物的生長。每年公曆 4 月 19 日至 21 日，太陽到達黃經 30° 時為穀雨，源自古人「雨生百穀」之説。這時也是播種移苗、種瓜點豆的最佳時節。

二十四節氣 夏

立夏

農曆二十四節氣中的第七個節氣，夏季的第一個節氣，代表着盛夏正式開始。隨着氣温漸漸升高，白天越來越長，人們的衣着打扮也變得清涼起來。《曆書》道：斗指東南，維為立夏，萬物至此皆長大。人們習慣上把立夏當作炎暑將臨、雷雨增多、農作物生長進入旺季的一個重要節氣。

小滿

夏季的第二個節氣。此時，北方夏熟作物的籽粒開始灌漿，但只是小滿，還未成熟、飽滿。每年公曆 5 月 20 日到 22 日之間，太陽到達黃經 60° 時為小滿。小滿時節，降雨多、雨量大。俗話説「立夏小滿，江河易滿」，反映的正是華南地區降雨多、雨量大的氣候特徵。

芒種

時間通常為公曆 6 月 6 日前後。芒種時節，中國大部分地區氣温顯著升高，長江中下游陸續變得多雨。小麥、大麥等有芒作物可以收穫，黍、稷等要在夏天播種的作物正待插秧播種，所以在芒種前後，農民會非常忙碌。種完水稻之後，家家戶戶都會用新麥麵蒸發包作為供品，祈求秋天有好收成，五穀豐登。

夏至

二十四節氣之一，在每年公曆的 6 月 20 至 22 日。夏至這天，太陽幾乎直射北回歸線，北半球各地的白晝時間達到全年最長。這天過後，太陽將會走「回頭路」，陽光直射點開始從北回歸線向南移動，北半球白晝將會逐日減短。

小暑

「小暑」在每年公曆 7 月 6 日至 8 日之間。暑代表炎熱，節氣到了小暑，表示開始進入炎熱的夏日。古人將小暑分為「三候」，每「候」五天，「一候」吹來的風都夾雜熱浪；「二候」田野的蟋蟀到民居附近避暑；「三候」鷹上高空，因為那裏比較清涼。

大暑

夏季的最後一個節氣，通常在公曆 7 月 23 日前後，此時是一年中天氣最炎熱的時候。農作物生長很快，旱災、氾濫、風災等各種氣象災害也最為頻繁。中國東南沿海一些地區有「過大暑」的習俗，例如，福建莆田人要在這天互贈荔枝。

二十四節氣 秋

立秋

秋天的第一個節氣，一般在公曆 8 月 7 至 9 日之間，這時候夏去秋來，季節變化的感覺還很微小，天氣還熱，但接下來北方地區會加快入秋的腳步，秋高氣爽，氣溫也逐漸降低。立秋時節，民間還會祭祀土地神，慶祝豐收。

處暑

通常在公曆 8 月 23 日前後，也就是農曆的七月中旬。「處」有終止的意思，「處暑」也可理解為「出暑」，即是炎熱離開，氣溫逐漸下降。可在現實生活中，由於受短期回熱天氣影響，處暑過後仍會有一段時間持續高溫，俗稱「秋老虎」。真正的涼爽一般要到白露前後。

白露

農曆二十四節氣中的第十五個節氣，一般在公曆 9 月 7 至 9 日之間。這個時候天氣漸漸轉涼，夜晚氣溫下降，空氣中的水氣遇冷凝結成細小的水珠，密集地附着在花草樹木的綠色莖葉或花瓣上。清晨，水珠在陽光照射下，晶瑩剔透、潔白無瑕，所以稱為白露。

秋分

農曆二十四節氣中的第十六個節氣，時間一般為每年的公曆 9 月 22 至 24 日。南方的氣候由這一節氣起才開始入秋。秋分這一天的晝夜長短相等，各十二小時。秋分過後，太陽直射點繼續由赤道向南半球推移，北半球各地開始晝短夜長，南半球則相反。

寒露

二十四節氣中的第十七個節氣，也是秋季的第五個節氣，表示秋季正式結束。寒露在每年公曆 10 月 7 日至 9 日之間。白露、寒露、霜降三個節氣，都存在水氣凝結現象，而寒露標誌着氣候從涼爽過渡到寒冷，這時可隱約感到冬天來臨。

霜降

一般在公曆 10 月 23 日前後，此時秋天接近尾聲，天氣越來越冷，清晨草木上不再有露珠，而是開始結霜。霜降是秋季到冬季的過渡，意味着冬天即將到來。草木由青轉黃，動物們開始儲糧準備過冬了。南方的農民忙於秋種秋收，而北方的農民則要抓緊時間收割地瓜和花生。

二十四節氣 冬

立冬

冬季裏的第一個節氣，在公曆 11 月 6 至 8 日之間。立冬標誌着冬季的正式來臨。隨着溫度的降低，草木凋零、蟄蟲休眠，萬物活動漸趨緩慢。人們在秋天收割農作物，到了冬天就要收藏好，有「秋收冬藏」的說法。立冬還有「補冬」的習俗，北方人吃水餃，南方人就吃滋補身體的食物，也有用藥材、薑、辣椒等驅寒補身。

小雪

冬季的第二個節氣，一般在公曆 11 月 22 日或 23 日。此時由於天氣寒冷，中國東部常會出現大範圍大風、降溫，而北方早已進入寒冷冰封的時節。雖然北方已經下雪，但雪量還不大，所以稱為「小雪」。每年這個時候，氣候變得乾燥，是中國南方加工臘肉的好時機。

大雪

農曆二十四節氣中的第二十一個節氣，冬季的第三個節氣，代表仲冬時節正式開始，在公曆 12 月 6 至 8 日之間。《月令七十二候集解》說：「大雪，十一月節。大者，盛也。至此而雪盛矣。」需要注意的是，大雪的意思是天氣更冷，降雪的可能性比小雪時更大了，而並不是指降雪量大。

冬至

一年中的第二十二個節氣，一般為公曆 12 月 21 至 23 日之間。這一天北半球太陽最高、白天最短。古代民間有「冬至大如年」、「冬至大過年」之說，在中國北方地區，冬至這一天有吃餃子的習俗，而南方沿海部分地區至今仍延續着冬至祭祖的傳統習俗。

小寒

農曆二十四節氣中的第二十三個節氣，也是冬季的第五個節氣，代表冬季的正式到來，一般在公曆 1 月 5 至 7 日之間。來到小寒，冷空氣南下，各地氣溫持續下降。根據中國的氣象資料，在北方地區，小寒是氣溫最低的節氣，只有少數年份的大寒氣溫會低於小寒，南方地區的小寒則可能不及大寒低溫。

大寒

農曆二十四節氣中的最後一個節氣。每年公曆 1 月 20 日前後，太陽到達黃經 300°時，即為大寒。這時，寒潮南下頻繁，是中國部分地區一年中最冷的時期。大寒來臨時，交通運輸部門要特別注意及早採取預防大風降溫、大雪等災害性天氣的措施。

藏在古詩詞裏的知識百科・夏天篇

編　　繪：貓貓咪呀
責任編輯：陳友娣
美術設計：鄭雅玲
出　　版：新雅文化事業有限公司
　　　　　香港英皇道 499 號北角工業大廈 18 樓
　　　　　電話：(852) 2138 7998
　　　　　傳真：(852) 2597 4003
　　　　　網址：http://www.sunya.com.hk
　　　　　電郵：marketing@sunya.com.hk
發　　行：香港聯合書刊物流有限公司
　　　　　香港荃灣德士古道 220-248 號荃灣工業中心 16 樓
　　　　　電話：(852) 2150 2100
　　　　　傳真：(852) 2407 3062
　　　　　電郵：info@suplogistics.com.hk
印　　刷：中華商務彩色印刷有限公司
　　　　　香港新界大埔汀麗路 36 號
版　　次：二○二一年三月初版

版權所有・不准翻印

繁體中文版版權由北京貓貓咪呀文化傳媒有限公司授予

ISBN: 978-962-08-7715-5
© 2021 Sun Ya Publications (HK) Ltd.
18/F, North Point Industrial Building, 499 King's Road, Hong Kong
Published in Hong Kong, China
Printed in China

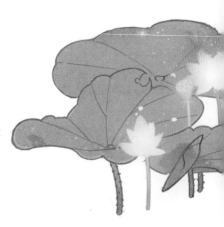